成人的童話與魔鬼的神話

徐訏文集

散文卷

導言　徬徨覺醒：徐訏的文學道路

陳智德

「個人的苦悶不安，徬徨無依之感，正如在大海狂濤中的小舟。」[1]

——徐訏〈新個性主義文藝與大眾文藝〉

在二十世紀四、五十年代之交，度過戰亂，再處身國共內戰意識形態對立夾縫之間的作家，應自覺到一個時代的轉折在等候著，尤其在當時主流的左翼文壇以外，被視為「自由主義作家」或「小資產階級作家」的一群，包括沈從文、蕭乾、梁實秋、張愛玲、徐訏等等，一整代人在政治旋渦以至個人處境的去與留之間徘徊，最終作出各種自願或不由自主的抉擇。

1 徐訏〈新個性主義文藝與大眾文藝〉，收錄於《現代中國文學過眼錄》，台北：時報文化，一九九一。

一

一九四六年八月，徐訏結束接近兩年間《掃蕩報》駐美特派員的工作，從美國返回中國，直至一九五〇年中離開上海奔赴香港，在這接近四年的歲月中，他雖然沒有寫出像《鬼戀》和《風蕭蕭》這樣轟動一時的作品，卻是他整理和再版個人著作的豐收期，他首先把《風蕭蕭》交給由劉以鬯及其兄長新近創辦起來的懷正文化社出版，據劉以鬯回憶，該書出版後，「相當暢銷，不足一年，（從一九四六年十月一日到一九四七年九月一日），印了三版」[2]，其後再由懷正文化社或夜窗書屋初版或再版了《阿刺伯海的女神》（一九四六年初版）、《烟圈》（一九四六年初版）、《蛇衣集》（一九四八年初版）、《幻覺》（一九四八年初版）、《四十詩綜》（一九四八年初版）、《兄弟》（一九四七年再版）、《母親的肖像》（一九四七年再版）、《生與死》（一九四七年再版）、《春韮集》（一九四七年再版）、《一家》（一九四七年再版）、《海外的鱗爪》（一九四七年再版）、《舊神》（一九四七年再版）、《成人的童話》（一九四七年再版）、《西流集》（一九四七年再版）、潮來的時候（一九四八年再版）、《黃浦江頭的夜月》（一九四八年再版）、《吉布賽的誘惑》（一九四九再版）、《婚事》（一九四九年再版），[3]粗略統計從一九四六年至一九四九年這三年間，徐訏在上海出版和再版的著作達三十多種，成果可算豐盛。

[2] 劉以鬯〈憶徐訏〉，收錄於《徐訏紀念文集》，香港：香港浸會學院中國語文學會，一九八一。

[3] 以上各書之初版及再版年份資料是據賈植芳、俞元桂主編《中國現代文學總書目》、北京圖書館編《民國時期總書目，一九一一－一九四九》。

《風蕭蕭》早於一九四三年在重慶《掃蕩報》連載時已深受讀者歡迎，一九四六年首次結集成單行本出版，沈寂的回憶提及當時讀者對這書的期待：「這部長篇在內地早已是暢銷一時的名著，可是淪陷區的讀者還是難得一見，也是早已企盼的文學作品」[4]，當劉以鬯及其兄長創辦懷正文化社，就以《風蕭蕭》為首部出版物，十分重視這書，該社創辦時發給同業的信上，即頗為詳細地介紹《風蕭蕭》，作為重點出版物。徐訏有一段時期寄住在懷正文化社的宿舍，與社內職員及其他作家過從甚密，直至一九四八年間，國共內戰愈轉劇烈，幣值急跌，金融陷於崩潰，不單懷正文化社結束業務，其他出版社也無法生存，徐訏這階段整理和再版個人著作的工作，無法避免遭遇現實上的挫折。

然而更內在的打擊是一九四八至四九年間，主流左翼文論對被視為「自由主義作家」或「小資產階級作家」的批判，一九四八年三月，郭沫若在香港出版的《大眾文藝叢刊》第一輯發表〈斥反動文藝〉，把他心目中的「反動作家」分為「紅黃藍白黑」五種逐一批判，點名批評了沈從文、蕭乾和朱光潛。該刊同期另有邵荃麟〈對於當前文藝運動的意見——檢討．批判．和今後的方向〉一文重申對知識份子更嚴厲的要求，包括「思想改造」。雖然徐訏不像沈從文般受到即時的打擊，但也逐漸意識到主流文壇已難以容納他，如沈寂所言：「自後，上海一些左傾的報紙開始對他批評。他無動於衷，直至解放，輿論對他公開指責。稱《風蕭蕭》歌頌特務。他也不辯論，知道自己不可能再在上海逗留，上海也不會再允許他曾從事一輩子的寫作，就捨別妻女，離開上海到香港。」[5]一九四九年五月二十七日，解放軍攻克上海，中共成立新的上海市人民政府，徐訏

[4] 沈寂〈百年人生風雨路——記徐訏〉，收錄於《徐訏先生誕辰100週年紀念文選》，上海：上海社會科學院出版社，二〇〇八。
[5] 沈寂〈百年人生風雨路——記徐訏〉，收錄於《徐訏先生誕辰100週年紀念文選》，上海：上海社會科學院出版社，二〇〇八。

仍留在上海，差不多一年後，終於不得不結束這階段的工作，在不自願的情況下離開，從此一去不返。

二

一九五〇年的五、六月間，徐訏離開上海來到香港。由於內地政局的變化，其時香港聚集了大批從內地到港的作家，他們最初都以香港為暫居地，但隨著兩岸局勢進一步變化，他們大部份最終定居香港。另一方面，美蘇兩大陣營冷戰局勢下的意識形態對壘，造就五十年代香港文化刊物興盛的局面，內地作家亦得以繼續在香港發表作品。徐訏的寫作以小說和新詩為主，來港後亦寫作了大量雜文和文藝評論，五十年代中期，他以「東方既白」為筆名，在香港《祖國月刊》及台灣《自由中國》等雜誌發表〈從毛澤東的沁園春說起〉、〈新個性主義文藝與大眾文藝〉、〈在陰黯矛盾中演變的大陸文藝〉等評論文章，部份收錄於《在文藝思想與文化政策中》、《回到個人主義與自由主義》及《現代中國文學過眼錄》等書中。

徐訏在這系列文章中，回顧也提出左翼文論的不足，特別對左翼文論的「黨性」提出質疑，也不同意左翼文論要求知識份子作思想改造。這系列文章在某程度上，可說回應了一九四八、四九年間中國大陸左翼文論的泛政治化觀點，更重要的，是徐訏在多篇文章中，以自由主義文藝的觀念為基礎，提出「新個性主義文藝」作為他所期許的文學理念，他說：「新個性主義文藝必須在文藝絕對自由中提倡，要作家看重自己的工作，對自己的人格尊嚴有覺醒而不願為任何力量做奴隸的意識中生長。」[6]徐訏文藝生命的本質是小說家、詩人，理論鋪陳本不是他強項，然而經歷時代的洗禮，他也竭力整理各種思想，最終仍見頗為完整而具體地，提出獨立的文學理念，尤其把這系列文章放諸冷戰時期左右翼意識形態對立、作家的獨立尊嚴飽受侵蝕的時代，更見徐訏提出的「新個性主義文藝」所倡導的獨立、自主和覺醒的可貴，以及其得來不易。

《現代中國文學過眼錄》一書除了選錄五十年代中期發表的文藝評論，包括《在文藝思想與文化政策中》和《回到個人主義與自由主義》二書中的文章，也收錄一輯相信是他七十年代寫成的回顧五四運動以來新文學發展的文章，集中在思想方面提出討論，題為「現代中國文學的課題」，多篇文章的論述重心，正如王宏志所論，是「否定政治對文學的干預」[7]，而當中表面上是「非政治」的文學史論述，「實質上具備了非常重大的政治意義：它們否定了大陸的文學史論述」[8]，徐訏所針對的是五十年代至文革期間中國大陸所出版的文學史當中的泛政治論述，動輒以「反動」、「唯心」、「毒草」、「逆流」等字眼來形容不符合政治要求的作家；所以王宏志最後提出《現代中國文學過眼錄》一書的「非政治論述」，實際上「包括了多麼強烈的政治含義」。這政治含義，其實也就是徐訏對時代主潮的回應，以「新個性主義文藝」所倡導的獨立、自主和覺醒，抗衡時代主潮對作家的矮化和宰制。

---

6 徐訏〈新個性主義文藝與大眾文藝〉，收錄於《現代中國文學過眼錄》，台北：時報文化，一九九一。

7 王宏志〈心造的幻影——談徐訏的《現代中國文學的課題》〉，收錄於《歷史的偶然：從香港看中國現代文學史》，香港：牛津大學出版社，一九九七。

8 同前註。

《現代中國文學過眼錄》一書顯出徐訏獨立的知識份子品格，然而正由於徐訏對政治和文藝的清醒，使他不願附和於任何潮流和風尚，難免於孤寂苦悶，亦使我們從另一角度了解徐訏文學作品中常常流露的落寞之情，並不僅是一種文人性質的愁思，而更由於他的清醒和拒絕附和。一九五七年，徐訏在香港《祖國月刊》發表〈自由主義與文藝的自由〉一文，除了文藝評論上的觀點，文中亦表達了一點個人感受：「個人的苦悶不安，徬徨無依之感，正如在大海狂濤中的小舟。」[9]放諸五十年代的文化環境而觀，這不單是一種「個人的苦悶」，更是五十年代一輩南來香港者的集體處境，一種時代的苦悶。

三

徐訏到香港後繼續創作，從五十至七十年代末，他在香港的《星島日報》、《星島週報》、《祖國月刊》、《今日世界》、《文藝新潮》、《熱風》、《筆端》、《七藝》、《新生晚報》、《明報月刊》等刊物發表大量作品，包括新詩、小說、散文隨筆和評論，並先後結集為單行本，著者如《江湖行》、《盲戀》、《時與光》、《悲慘的世紀》等。香港時期的徐訏也有多部小說改編為電影，包括《風蕭蕭》（屠光啟導演、編劇，香港：邵氏公司，一九五四）、《傳統》（唐煌導演、徐訏編劇，香港：亞洲影業有限公司，一九五五）、《痴心井》（唐煌導演、王植波編劇，香港：邵氏公司，一九五五）、《鬼戀》（屠光啟導演、編劇，香港：麗都影片公司，一九五六）、

9 徐訏〈自由主義與文藝的自由〉，收錄於《個人的覺醒與民主自由》，台北：傳記文學出版社，一九七九。

《盲戀》（易文導演、徐訏編劇，香港：新華影業公司，一九五六）、《後門》（李翰祥導演、王月汀編劇，香港：邵氏公司，一九六〇）、《江湖行》（張曾澤導演、倪匡編劇，香港：邵氏公司，一九七三）、《人約黃昏》（改編自《鬼戀》，陳逸飛導演、王仲儒編劇，香港：思遠影業公司，一九九六）等。

徐訏早期作品富浪漫傳奇色彩，善於刻劃人物心理，如〈鬼戀〉、〈吉布賽的誘惑〉、〈精神病患者的悲歌〉等，五十年代以後的香港時期作品，部份延續上海時期風格，如《江湖行》、《後門》、《盲戀》，貫徹他早年的風格，另一部份作品則表達歷經離散的南來者的鄉愁和文化差異，如小說〈過客〉、詩集《時間的去處》和《原野的呼聲》等。

從徐訏香港時期的作品不難讀出，徐訏的苦悶除了性格上的孤高，更在於內地文化特質的堅守，拒絕被「香港化」。在《鳥語》、〈過客〉和《癡心井》等小說的南來者角色眼中，香港不單是一塊異質的土地，也是一片理想的墓場、一切失意的觸媒。一九五〇年的《鳥語》以「失語」道出一個流落香港的上海文化人的「雙重失落」，而在《癡心井》的終末則提出香港作為上海的重像，形似卻已毫無意義。徐訏拒絕被「香港化」的心志更具體見於一九五八年的〈過客〉，自我關閉的王逸心以選擇性的「失語」保存他的上海性，一種不見容於當世的孤高，既使他與現實格格不入，卻是他保存自我不失的唯一途徑。[10]

徐訏寫於一九五三年的〈原野的理想〉一詩，寫青年時代對理想的追尋，以及五十年代從上海「流落」到香港後的理想幻滅之感：

10 參陳智德《解體我城：香港文學1950-2005》，香港：花千樹出版有限公司，二〇〇九。

多年來我各處漂泊，
唯願把血汗化為愛情，
遍灑在貧瘠的大地，
孕育出燦爛的生命。

但如今我流落在污穢的鬧市，
陽光裡飛揚著灰塵，
垃圾混合著純潔的泥土，
花不再鮮豔，草不再青。

海水裡漂浮著死屍，
山谷中蕩漾著酒肉的臭腥，
潺潺的溪流都是怨艾，
多少的鳥語也不帶歡欣。

茶座上是庸俗的笑語，
市上傳聞著漲落的黃金，
戲院裡都是低級的影片，

街頭擁擠著廉價的愛情。

此地已無原野的理想，
醉城裡我為何獨醒，
三更後萬家的燈火已滅，
何人在留意月兒的光明。

「原野的理想」代表過去在內地的文化價值，在作者如今流落的「污穢的鬧市」中完全落空，面對的不單是現實上的困局，更是觀念上的困局。這首詩不單純是一種個人抒情，更哀悼一代人的理想失落，筆調沉重。〈原野的理想〉一詩寫於一九五三年，其時徐訏從上海到香港三年，由於上海和香港的文化差距，使他無法適應，但正如同時代大量從內地到香港的人一樣，他從暫居而最終定居香港，終生未再踏足家鄉。

四

司馬長風在《中國新文學史》中指徐訏的詩「與新月派極為接近」，並以此而得到司馬長風的正面評價，[11]徐訏早年的詩歌，包括結集為《四十詩綜》的五部詩集，形式大多是四句一節，隔句

11 司馬長風《中國新文學史（下卷）》，香港：昭明出版社，一九七八。

押韻，一九五八年出版的《時間的去處》，收錄他移居香港後的詩作，形式上變化不大，仍然大多是四句一節，隔句押韻，大概延續新月派的格律化形式，使徐訏能與消逝的歲月多一分聯繫，該形式與他所懷念的故鄉，同樣作為記憶的一部份，而不忍割捨。

在形式以外，《時間的去處》更可觀的，是詩集中〈原野的理想〉、〈記憶裡的過去〉、〈時間的去處〉等詩流露對香港的厭倦、對理想的幻滅、對時局的憤怒，很能代表五十年代一輩南來者的心境，當中的關鍵在於徐訏寫出時空錯置的矛盾。對現實疏離，形同放棄，皆因被投放於錯誤的時空，卻造就出《時間的去處》這樣近乎形而上地談論著厭倦和幻滅的詩集。

六七十年代以後，徐訏的詩歌形式部份仍舊，卻有更多轉用自由詩的形式，不再四句一節，隔句押韻，這是否表示他從懷鄉的情結走出？相比他早年作品，徐訏六七十年代以後的詩作更精細地表現哲思，如《原野的理想》中的〈久坐〉、〈等待〉和〈觀望中的迷失〉、〈變幻中的蛻變〉等詩，嘗試思考超越的課題，亦由此引向詩歌本身所造就的超越。另一種哲思，則思考社會和時局的幻變，《原野的理想》中的〈小島〉、〈擁擠著的群像〉以及一九七九年以「任子楚」為筆名發表的〈無題的問句〉，時而抽離、時而質問，以至向自我的內在挖掘，尋求回應外在世界的方向，尋求時代的真象，因清醒而絕望，卻不放棄掙扎，最終引向的也是詩歌本身所造就的超越。

最後，我想再次引用徐訏在《現代中國文學過眼錄》中的一段：「新個性主義文藝必須在文藝絕對自由中提倡，要作家看重自己的工作，對自己的人格尊嚴有覺醒而不願為任何力量做奴隸的意識中生長。」[12]時代的轉折教徐訏身不由己地流離，歷經苦思、掙扎和持續的創作，最終以倡導獨

12 徐訏〈新個性主義文藝與大眾文藝〉，收錄於《現代中國文學過眼錄》，台北：時報文化，一九九一。

立自主和覺醒的呼聲，回應也抗衡時代主潮對作家的矮化和宰制，可說從時代的轉折中尋回自主的位置，其所達致的超越，與〈變幻中的蛻變〉、〈小島〉、〈無題的問句〉等詩歌的高度同等。

＊陳智德：筆名陳滅，一九六九年香港出生，台灣東海大學中文系畢業，香港嶺南大學哲學碩士及博士，現任香港教育學院文學及文化學系助理教授，著有《解體我城：香港文學1950-2005》、《地文誌——追憶香港地方與文學》、《抗世詩話》以及詩集《市場，去死吧》、《低保真》等。

目次

成人的童話

駱駝與蠢馬

是初秋雨後，新月初升的晚上。

獅子睡著了；虎正在山谷中伺獵食物；花豹伸他美麗的腰，在追逐異性；兔子在林下嬉戲；豺狼成群地在野道上叫嘯；斑鹿在湖邊賞月，搖著長角與水底的柳影比美；象在湖深處洗澡；羊群都已經回家；牛已經工作疲倦，在草地上休息。

風微微地吹著樹林，樹梢上乘涼的夜鶯唱起歌來，許多的鳥兒都應和了，這像是一個龐大管弦樂隊的合奏，引起湖邊的青蛙，林中的蟋蟀都喝起彩來。月下的樹林更顯得無限的和諧。

這時候，有一匹馬孤獨地在遛達，他被人養得正肥，不知道工作，也不懂得世界上畫的美，音樂的美，與詩的美；他對於月色湖色不感到興趣，對於滿林的樂聲不會聆聽；他感到寂寞，遛來遛去不知怎麼才好！他舔舔草地，但並不想吃，他實在吃不下了；於是遛到湖邊，喝一口水，但隨即吐去；他四面望望，天是藍的，月兒露著金色，樹林黑黝黝，他只有知覺，或者說只有感覺；他不會想像、思索，世界在他都沒有疑問。鳥唱得熱鬧，他也仰天蠢嘶一聲，引得鳥兒們都笑了，他不知道這是好意還是壞意；可是再嘶一聲的時候，蛙兒們對他咒罵起來，林中的鳥兒也更笑得凶，他才感到不好意思。他遛開去，他看見一隻斑鹿在湖邊，他緩步地過去，好奇地看看她；美麗的斑紋與美麗的角，他看了不會鑒賞。看她痴立在湖邊，他也就去站一會，站不出什麼意義，於是他問：

「你站在這裡幹什麼？」

斑鹿聽了笑出來：

「你沒有看見月兒在柳絲裡的笑容嗎？你看多麼美！」

馬看了半天，看不出月兒的笑容，又莫名其妙地走開去。

正在這匹馬百無聊賴的時候，忽然有一種清脆悅耳的聲音自遠處傳來。他就揚起他的蹄子，飛也似的跑過去看。那是一隻駱駝，馱著沉重的東西，在那裡前進，項間的駝鈴響著驕傲的調子，於是馬兒笑了！腦裡浮起了一種思想：「這樣緩慢的步子麼？」他於是飛起蹄子，直追而上，一霎時煙塵起處，他早已在駱駝十幾碼前，回顧駱駝還在那裡緩緩地走，駝鈴還是「鐺……」「鐺……」地響著，他於是就躺下來等候，等駱駝趕上來了，他又站起來飛跑一陣，接著又躺下來等候；等駱駝再趕上來，他於是又飛奔上去，這樣好幾次，可是駱駝還是「鐺……」「鐺……」地按部就班，視若無睹地自己走自己的路。於是馬兒歇下來，看那駱駝遠去，遠去，遠到快看不見的當兒，他又一陣煙似的趕了上去。那時駱駝正上一個山坡，馬兒直追而上，逕趨山頂，於是山上的猴子一齊鼓掌嚷著：「好快！」「好快！」馬兒於是真正得意了。他揚著蹄子再向前奔去，許多猴子在樹上穿來穿去追上去，一面喝著彩，鼓著掌，一直送他下了山，可是那時駱駝還未走到山頂呢。

馬兒下了山，猴子們都已陸續散盡。那時馬兒也已經疲乏，看見一彎清泉，他就大喝一陣，躺在水邊睡著了。

醒來的時候，夜已經深，天上有一輪明月，無數星星，馬兒站起來，揚揚他的尾巴，他已經恢復他的精神了。忽然又聽到「鐺……」「鐺……」的聲音在遼遠的前面作響，他知道那是駱駝，他想：「他難道要同我比賽嗎？」於是，一陣煙，馬兒飛也似的又趕去了。鈴聲在耳邊蕩漾，顯著無限的傲慢，馬兒自語道：「你以為趕上我了嗎？」他更緊迫地揚他的蹄子。

鈴聲在耳邊蕩漾，但是馬兒不知道駱駝在哪一個方向。碰巧一隻長頸鹿在路邊，就向他招呼，問：

「先生，借光了，你看見一隻禿毛的響著鈴鐺的傻子嗎？他去哪一個方向？」

「怎麼？你問他幹嘛？」長頸鹿反問他。

「我打一個瞌睡，他就趕上我了。」

「怎麼？你打算同他比賽嗎？」

「可不是，不到一分鐘，我一定在他前面了。」

「那自然，可是再一年，你永遠在他的後面了。」

「這怎麼講？像他那樣，禿毛，脫頂的傻頭傻腦的東西！」

「先生，還是歇歇吧，下去是一望無際的沙漠，你就會死在那裡。」

「你不要胡說，你以為我像你一樣懶惰無用嗎？」

「不瞞你說，老虎在那邊渴死過，獅子在那邊餓死過，白象在那邊焦死過。」

「什麼獅子，老虎，白象，我不認識，我不懂；我不管他們。請你不要耽擱我的工夫。只告訴我這隻禿毛的笨蟲的方向好了。」

「啊，你不信拉倒，他，他就在那面。」她用她的長頸指駱駝去的方向。

「好，謝謝你，再會。」

「不但再會，而且永別了！朋友。」

馬兒恐怕沒有聽見他的話，因為他已經飛也似的去了，剩下一陣煙在空中飛揚。駱駝正在緩緩地前進，馬兒只費兩分鐘工夫就趕上了他。於是馬兒對駱駝說：

「駱駝先生，你看，我隨隨便便就把你趕上了。」

「自然，馬先生，你當然比我跑得快。」駱駝客氣地說。

「那麼，為什麼『鐺……』『鐺……』地要自己走自己的路呢？」馬更加驕傲了。

「為什麼不？」

「你應當跟我走！你應當聽我指揮，依著我的方向。」

「你走你的路，我走我的路，為什麼你可以干涉我？」

「干涉你，因為我比你跑得快。」

「我沒有工夫同你爭，你快你的就是。」

「但是當我休息睡覺的時候，你必須等我。」

「這怎麼可以？」

「那麼我就同你比賽。」

「我不同你比賽，我從來是愛好和平，不同人作這些意氣之爭的。」

「你這個懦弱者，但是從此以後，我永遠在你前面走，你不用想趕上我一步。」

「那麼請吧。我不是為你而生存的，我有我更大的使命。」

「但是有我在你面前，你一切的使命，在你未達到前我早都達到了。」

「那麼請吧！」

於是馬兒冷笑一聲，跑了幾步，可是又回過頭來說：

「你倒上來！哈！哈！哈！」於是一溜煙似的前去了。

駱駝還是「鐺……」「鐺……」地緩緩地走。

第二天夜裡，駱駝穿過一片草地，在一個小池邊看見那隻馬兒睡著正酣。

駱駝沒有喊醒他，「鐺……」「鐺……」地自顧自地前進。

當駱駝前去了以後，一隻蛙兒從池裡跳出來，笑著叫馬。

「馬將軍，你說的那隻禿毛的傻子，他早就『鐺……』『鐺……』地前去了。」

「啊，讓他去吧，他走一天的路，我一個鐘頭就趕上了，現在我正想睡呢。」

於是馬兒又睡著了。

蛙兒數著駝鈴「鐺……」「鐺……」的聲音，聽它慢慢地低微下去，低微下去，一直到聽不見了，可是馬兒的鼾聲正響著呢。

到天色微明的時候，馬兒醒了，他用尾巴拂拂身上的灰塵，吃了許多草，喝了許多水。

蛙兒在旁邊直替他著急：

「你到這時候才醒來，還不快一點趕上去，還要這樣那樣地耽誤。」

「哈哈，你看著，我一個鐘頭就趕上他了。」馬跳躍幾下。

「你不要吹牛，你趕上趕不上，反正我也看不見。」

「好，我帶你去，你跳在我背上看看就是。等我趕上他的時候，你也可以對他笑辱，說：『哼！哼！我都趕上了你，你還要同馬將軍慪氣！』」

蛙兒高興得嚷起來，從馬的腳上連爬帶跳地升到馬背，於是馬兒嚷了一聲「好」，就飛也似的跑起來。

蛙兒在上面坐著，像騰雲駕霧一樣，快樂到極點。大概兩個鐘頭後，「鐺……」「鐺……」的駝鈴聲又隱約地可以聽見了，於是蛙兒歡喜得叫出來，繼而這鈴聲越來越清楚，清楚，於是蛙兒站在馬背上遠眺起來，果然那駱駝在荒野中踽踽地走著，他對馬說：

「可不是，這個禿毛的大傻子在爬呢！」

於是馬兒四隻蹄子一躍，幾個箭步，就把駱駝趕上了。

「駱駝先生，如何？」馬兒放緩了步子微笑。蛙兒原是唱手，這時大聲地唱起歌來：

大傻瓜，
毛兒禿，
身子大，
腳骨粗，
腿兒壯，
跑起來，
前腳像長疔，
後腳像長瘡！

唱完了，他與馬兒都哈哈大笑起來。

駱駝沒有理他們，非常沉著地對馬兒說：

「馬先生，我看你還是回去吧！這裡已經是荒漠，一直再過去就是萬里無際的沙漠了。」

「沙漠？你想用沙漠來嚇我麼？」馬兒自恃地說。

「沙漠？你嚇我都嚇不倒，還想嚇馬將軍？」蛙兒在馬背上說。

「在那面，老實告訴你，老虎渴死過，獅子餓死過，白象也毫無辦法地焦死過。」

「但是，他是馬將軍！」蛙兒說完了又唱起來：

馬將軍，
腿兒健，
腰兒細；
一口氣跑百里！
一口氣跑千里！
一口氣跑萬里！

於是馬兒又驕傲地笑了！蛙兒也哈哈大笑著。

可是駱駝不響，昂著首「鐺……」「鐺……」地前進。於是馬兒又是一溜煙似的掠過去了。

日子一天一天過去，那馬兒總時時在駱駝的前面，可是一睡著又被駱駝追了過去。

直到有一天的中午，馬兒已經追過駱駝十里以外，是沙漠，附近沒有一滴水，一根草。馬兒說：

「你替我看，哪裡有水？我口渴！」

「水？我早快渴死了，沒有啊！」蛙兒啞嘶著嗓子說。

「沒有，我要你尋。我帶你來做什麼的？」馬兒焦躁地說。

「但是一路我都注意著，注意著，可是沒有啊！我自己也要喝呢。」

「你自己，什麼你自己；限你一刻鐘尋到，尋不到我一腳踩死你！」馬兒暴戾地說。

「我看你也累了，睡一會吧，馬將軍我去尋水去，尋到來叫你。」蛙兒跳下馬背。

「睡？怎麼睡？沒有樹，沒有草，就睡在這沙漠上面嗎？」馬盛怒地咒罵，但是也無可奈何地睡下去了。不過渴在心頭，他沒有法子睡著。

蛙兒一個兒在沙漠上連爬帶跳地尋，尋水，水沒有；尋草，草沒有；忽然一種清脆悅耳的「鐺……」「鐺……」的駝鈴又隱約地聽見了，他計從心來，快快地回到馬兒那裡。

「水尋到了嗎？」馬兒正渴得發瘋，烈火般問。

「水，沒有！」

「沒有。」馬兒跳起來，揮著蹄子幾乎要踩到蛙兒的身子。

「可是，馬將軍，大傻瓜就上來了，我們不是有辦法了嗎？」

「有什麼辦法？」

「他還有尿，我們等著喝一點就是。」

「尿？我去喝他的尿？」馬露著一頭青筋，眼睛發著火。

「鐺……」「鐺……」的鈴聲果然近了。駱駝還是大模大樣從容不迫地走自己的路。

馬兒一聲不響，等駱駝過去了，跟在後面走，蛙兒也同馬兒一起連跳帶蹦地跟在旁邊。

大概一刻鐘的工夫，果然駱駝撒尿了，馬兒趕緊用嘴盛著喝。蛙兒也擠著想揩一點油，馬兒一氣，一飛蹶子把他踢到幾丈路外，蛙兒暈在那邊，等醒來時，再也尋不著駱駝與馬兒的蹤跡，口喝，肚飢，太陽曬，不到半天就死了。馬兒喝了駱駝的尿後，比較恢復了一點精神。駱駝看他萎靡地在後面，回過頭來問：

「馬先生，為什麼不往前去呢？」

「我要趕上你是很容易的。」馬兒說著拼著命奔上去了。

一天復一天，一里復一里，路程是遙遠的，駱駝總是昂著頭大模大樣從容不迫地走自己的路。馬兒碰著水草，就飛奔了許多里地，否則渴極時只好在駱駝後面等喝駱駝尿，或者冒著險拚命前奔，以冀前面有水草等他。他早已不如以前，已經瘦弱不堪了。

一直到許多日子以後，馬兒有四天四夜尋不著一點水草，他乏極，渴極，最後以為前面一定可以有，於是拼著命前奔，以賭他的命運，誰知飛奔百里路的過程中，竟完全是沙漠。他實在走不動了！躺下，太陽曬著，渴著，肚餓著，他只好靜等駱駝趕上來撒一點尿給他喝。可是駱駝還沒有來。

於是馬兒支持不住，躺在地下喘氣，站也站不起來，身子也翻不轉來，心跳得凶……他感到害怕，四面看看，荒漠中沒有一點聲音，沒有一個生物，他感到孤獨，淒涼。

這時，忽然有一種聲音傳來了，這聲音在這荒漠之中，使他感到莊嚴，神聖，悲壯，激越……這像天國的福音一般，令他肅然起敬，令他喜悅。那不是別的，那正是遲緩死板的駝鈴。

馬企盼著，駝鈴聲終於近了，那禿毛的傻子也到了。這駱駝還是大模大樣從容不迫地昂首走著。

馬兒想振作起來，跟在駱駝後面喝口尿，但是怎麼也站不起來。眼看駱駝要走過了，於是乞憐地道：

「駱駝先生……過去都是我不好，我是個傻子，你才是英雄。現在我是快死了，請你原諒我，救我一次命吧！」

「馬先生，我早就勸過你，這裡老虎渴死過，獅子餓死過，白象也毫無辦法焦死過，不用說你。」

「是的，駱駝先生，我不自量力，想勝過你，不過現在我快死了。請你救救我吧，可憐我一點。你是寬宏大量的呀！駱駝先生。我實在是渴！」

「渴，這裡也沒有水。」

「你撒點尿我喝喝就是了。」

「尿，尿怎麼可以喝呢？」

「非常好，非常好，我已經偷偷地在你背後喝過許多次。已經救了我好多次性命了，現在我連站都站不起來，所以只好求你撒在我的嘴裡了。」

駱駝於是在馬兒嘴裡撒了一泡尿。馬兒才吐出一口氣來說：

「你真是我的救命恩人，不過請你再撒點給我肯不肯？」

「我已經撒完了，等一會我或者還會有的。」

馬兒想爬起來，但是支持不起，滿頭漲著青筋，眼睛裡發著火。

「好，再會了，馬將軍，你休息一會吧！」駱駝響著駝鈴要走了。

「怎麼？你……你要去了麼？」馬兒支起頭來說。

「是的，明天你醒來，不立刻就可以把我趕上嗎？」

「駱駝先生，你不要挖苦我了，我是個傻瓜，蠢東西，又沒有實力，不聽你的話，弄到這個地步，求你寬宏大量，救救我吧！」馬兒淚不斷流下來。

「可是我有什麼法子呢？叫我待在這裡於你有什麼好處？」

「至少你還有尿可以做我的養料。」

「那麼我自己呢？朋友，我是要走自己的路的。你的驕傲，對我挖苦，咒罵，笑謔，我都不曾同你計較過；我還曾忠告你，可是你不聽我話，現在我有什麼法子呢？」駱駝說完昂起首要走了。馬兒於是捧著駱駝的腿哭起來：

「你一去，我一定是死了；先生，我的恩人，你救我一條蠢命吧。你一定要去，千萬把我帶去，帶到有水草地方，我或者因此還可以保一條命。」

「好吧，那麼你就爬在我背上吧。」駱駝泰然地說。

馬兒於是掙扎起來，但是怎麼也爬不上去；於是駱駝伏下地，幫他上去。站起來，馱著他緩緩地前進。「鐺……」「鐺……」「鐺……」「鐺……」「鐺……」「鐺……」「鐺……」「鐺……」，馬兒這時感到這聲音更加神聖莊嚴了。太陽正烈，他閉著眼睛，喘著氣，忽然眼前一黑，全身抽搐，他與這可怕世界永久脫離了。

當駱駝走到前面水草處，把他放下來，用水救他，但怎麼也救不活了。於是駱駝嘆口氣，搖搖頭，昂起首從容地走自己的路。

「鐺……」「鐺……」「鐺……」這聲音慢慢地遠去，是馬兒的喪鐘，但也好像替馬兒祈禱靈魂的安息。

野熊與家熊

在一個有山，有水，有樹，有草的原野裡，有一個時日，有兩對熊同時生了一隻小熊，牠們皮毛的色澤以及身體的高度與重量竟完全一樣。

父母都有強壯的體格與掠食的本領，所以很快地把這兩隻小熊哺養起來，在同一環境之中，那裡陽光總是光亮的，空氣總是清新的，所以那兩隻小熊竟長得同樣的健康與強壯。

牠們起初會爬，後來會走，再後來也會跑幾步了。靠著父母，牠們不用愁吃，但是牠們需要遊玩，兩個年齡相仿，健康相同的熊，做個伴侶自然再好沒有；於是牠們天天在一起，一同唱歌，捉迷藏，賽跑，摔跤，從早到夜，牠們把全身氣力玩光了回家睡覺。好在牠們不像人們的複雜，所有的技術都在遊玩之中可以學得，所以日子並不算虛拋。

牠們天天在長大，天天在進步，無意識地學會了將來有用的本領，如怎樣把自己隱藏起來，怎樣突然跳出去襲擊別人，也知道了有些同自己顏色相同的草木可以保護自己，不讓別人看到自己而自己可以看別人。牠們慢慢不自知地學會了一些登山與爬樹，牠們倆長得一樣的機警，一樣的勇敢與一樣的結實。

七個月，八個月，九個月，牠們在生長之中，進步之中把時間打發過去。

同樣光亮的陽光，同樣新鮮的空氣，使牠們長得沒有什麼分別，大家對於牠們很難辨別，甚至是牠們的父母。

那麼據大家猜想，這兩隻小熊，一定會有相同的前途了。是的，可是用人類的眼光來判斷，這問題還需等待命運來決定。我們人類社會裡，兩個完全相仿的孩子，會一個在吃瓜子時多笑一聲，就發生哽咽而丟了性命，一個則一直活到七十歲遺留下許多事業方才死去；兩個相仿的青年，會一個先走一步或者為一個向右去，一個向左走的緣故，遇見不同的命運，或者一個墮入了情網，或者遇到驚嚇，從此改變了一生路途，而另一個則平穩地下去。這樣的事情是極其平常的。那麼在熊的生活中是不是也是這樣呢？

不錯，沒有多久，這兩隻小熊就遇到了分歧的路徑。

這是一個夕陽快西墜的黃昏，牠們為貪玩野景，一跑跑得太遠。天已經暗下來，牠們提議穿小道，揀捷徑跑回家，於是兩個人就飛奔起來。

跑過小丘是一行灌木，穿過灌木是一叢野草，就在掠過野草的當兒，一隻小熊的腳被一隻古怪的東西夾住了。這是人類放在那兒的捕獸機，被它夾住是無法逃避的。當時那隻小熊一聲呼喊，把還有一隻小熊也嚇住了。經過了多時的掙扎與援救，牠們還是沒有辦法，於是商量結果，由另外一隻熊飛奔回去，報告父母，請大家來設法。

這樣，那隻小熊飛著奔去了，而這隻則在草叢裡等待。在等待之中，牠沒有什麼害怕，以為只要等大熊一到，就可以安然回家，但是在大熊們未到以前，一叢火把亮了，過來的則是人類。

不知道另外一隻小熊什麼時候跑到的，也不知道大熊什麼時候來的，也不知道牠們尋不到這隻小熊的時候，起了什麼樣的情緒，以我們人類的心理來說，牠父母的悲痛是最難堪的，而那另外的一隻小熊，從此就失了伴侶，將永遠在原野之中，無論是露晨，月夜，會想念牠的那位晨夕相對的朋友。

不錯，牠們的確是這樣。但是這是命運，牠們已經同命運爭鬥過，現在也沒有辦法了。

現在要說這隻被人類捉去的小熊，到底要被人類怎麼樣處置呢？要是被老虎捉去，那被牠充飢了是十九不會錯的。可是人類是有好幾種。

捉小熊人類是叫做獵戶，他們捉到了野熊，並不是自己處置，是預備賣給別人的，他們要的只是有限的錢。如果大熊們知道這一點，只要拿點錢來贖回去，如果沒有錢的話，也何妨用同樣價值的死獸與野果來同獵戶們交換。但是牠們不知道，所以這買賣要讓人們來做。

獵戶將小熊給誰呢？這裡有三條出路：一條是賣給屠夫，屠夫只是把小熊宰去，他並不自己吃，而是賣給別人的；一條是賣給動物園，動物園是把小熊養在籠裡讓別人參觀；還有一條則是賣給馬戲班，馬戲班裡的人類，會教牠種種玩意，教牠同猴子與老虎做朋友，變把戲給別人看。

這三條路，哪一條於小熊最合適呢？我們不知道。有人說第二條動物園的路最好，不用工作，而有吃有住；有人說第三條馬戲班最好，可以各處遊歷，受人們的喝彩與掌聲，而且學會了技藝，靠賣藝吃飯，不靠別人。但是有人說，這兩種人生都是苦事，「不自由毋寧死」，還是讓屠夫宰了好。要把這三條路讓小熊選擇，我想牠選定了也會後悔。那麼似乎應該讓博學的人類來討論了，但是既然有三種說法，自然也是公說公有理，婆說婆有理的。最好恐怕還是要讓議會裡多數表決，但這又是問題，因為表決的人類都不是自身。話說回來，這樣的問題如果叫獵戶站在小熊的立場來想，他睡在床上到餓死了還是沒有法子解決。但是他有迅速的方法，就是站在自己立場來想，誰出錢多就賣給誰，不管他買去幹什麼。

起初自然想賣給屠夫，因為他們大部分的獵獲物都是賣給屠夫的。但是屠夫不肯出比死麋還高的價錢，因為雖然熊掌是珍貴的食品，但是買主很少，要是宰好了一時賣不出去，就會變得不新鮮，弄得別人也不要買了。而且這隻熊也太小，沒有多少肉。事情湊巧的是有一個馬戲班——或者說是雜耍班——的班主認識那個獵戶，那天剛剛從遠處遊歷回來，他要買這隻小熊；熊太小，是屠夫們認為不值錢的地方，可竟是馬戲班認為值錢的地方，因為可以訓練，於是這買賣就講好了，立刻付好定錢。

但是當這雜耍班還沒有把這小熊帶走，一個動物園的辦貨員下鄉來，肯出更多的錢要買這隻小熊，那麼似乎牠命定可以白吃白住了，但獵戶因為受了雜耍班的定錢，拒絕了這個辦貨員。據說這是人類的信用，這信用就變成小熊的命運，於是第二天這隻小熊就被雜耍班帶走了。

於是這隻小熊就在雜耍班裡生長學習，他們教牠兩隻後腳豎起，兩隻前腳凌空地走路，他們教牠爬木棒，教牠坐在木棒頂上，他們還教牠頭上頂球，教牠跳繩……每次做成功了有東西吃，做不成功，就挨打，這樣有三個月之久。我們的小熊慘澹地活著，牠時時哭泣，時時失眠，牠想念牠的父母，牠的可愛的同伴，牠想念陽光滿地的原野，想念青草叢叢的小丘，還想念雪地裡打滾，露水裡賽跑。但是這些日子不再復回，牠得每天在人類的鞭下過活，拖著鐵鏈，在狹小的籠子裡度日子。

幸而生物有一種適應環境的本能，就是最苦的環境裡慢慢也會習慣，何況這隻小熊現在已經學全了人類腦中想得出的技藝，天天只要照樣練習練習，被鞭打的場合是越來越少了。

慢慢地牠也遇到一些伴侶，那是一隻猴子，一隻綿羊，此外還有一隻鸚鵡。這三位什麼時候被人類馴服的牠不知道，總之在牠練了三個月之後，牠才碰見了牠們。人類於是叫牠表演給這三位伴侶看，牠表演過了，看猴子與綿羊各式各樣的表現，於是又看鸚鵡戴著人類各種的帽子表演說話與表情。最後人類給牠們東西吃，於是又進了狹小的籠子。

從此，牠就被人類牽著，到各處去做同樣的表演，有時候坐在籠中，被載在卡車上，顛簸到另外的一個城鎮，又被牽著到各處去做同樣的表演。牠現在已經非常習慣，每到表演完畢，觀眾笑聲掌聲中，聽見地下銀錢的聲音，牠也很覺得得意。有時候觀賞者也拋給牠一點食物，牠更覺得可口有味。

這樣不知不覺過了兩年，現在牠對於過去的自己幾乎都忘掉了。什麼陽光滿地的原野，青草叢的小丘，以及雪地裡打滾，露水裡賽跑的日子，牠再也難得想到，偶爾想到也沒有什麼悲哀。對熊類中的父母，親鄰，以及當初晨夕相對的同伴，牠也沒有相思。牠白天累於表演與走路，夜裡吃飽肚子躲在籠子裡睡覺，日子過得似乎非常平易。

但是有一次，當牠被載在卡車上顛簸的時候，忽然聽見了一支歌曲，這歌曲似乎很遠，但在牠聽起來可是很近。牠忽然想起那也許是那個幼年的同伴，於是想起一同唱那支歌時候的情形。牠也就唱了起來，唱著唱著，牠聽到同伴的歌聲始終在應和牠。

夜裡，當他們雜耍班的車子停放在一個村落的時候，牠又唱起那支歌來。那時人類已去小店裡喝酒。月光如水。牠聽到牠的同伴的歌聲慢慢近來，最後歌聲停了，一隻壯健的同類立在牠的面前。要不是那支歌，牠怎麼也認不出來。現在牠在牠同類的眼中，看到了幼年時候的憧憬。牠不禁流出了眼淚，說：「果然是你啊！想不到你還記得我。」

「想不到在這裡碰見你。」牠的同伴也感慨著說：「現在快同我一同回去吧。」

「現在，這怎麼可能呢，我不是被拘在籠裡麼？」

「那麼……」

「明天吧，明天在表演的時候，你在村外等我。」

於是那隻壯健的小熊回去了。報告牠同伴的父母，大家都非常興奮，大家想來接這籠裡的小熊，但是人多了會誤事，最後決定還是由牠一個人來接。這樣，牠一夜沒有睡著，一清早又到了村莊。等到太陽升起了，鑼聲響了，兒童們奔走著，牠就伏在村外草地上等待同伴逃出來。

但是牠的同伴呢？

他的同伴用牠瘦弱的身體，表演人們教牠的玩意的時候，許多觀眾的笑聲與掌聲，使牠感到說不出的光榮，牠為這光榮，竟不想逃了。我們等在外面的小熊，很不耐煩，一直到鑼聲響完了，群眾散了，牠看到一個赤膊的人牽著牠的同伴走遠了，才失望地跑回來，報告牠同伴的父母，大家非常擔心。牠寬慰著牠們，決定天黑了再去會這個同伴。

於是白天就悄悄過去。

夜裡趁著月光，壯健的小熊又去尋找籠裡的小熊。牠一跑到就問牠的同伴：

「今天怎麼啦！」

「今天……唉！」

「怎麼啦？」

「我想我還是不回去吧！」

「這是什麼意思？」壯健的小熊說：「你知道你的父母都在想你。」

「……」籠裡沒有回答。

「你難道不想想你的康健，你看你現在這樣的瘦弱！」

「……」籠裡還是沒有回答。

「你還記得以前我們一同玩的日子嗎？那時候，我們一樣強壯，一樣結實，一同賽跑，摔跤，爬樹？」

「但是我現在學會了許多新奇的玩意。」

「那麼你更應當跑了。」壯健的小熊說：「你父母起先以為你已經死了，現在知道你活著，很高興；如果知道還學會新的玩意，一定會更加快活的。快不要猶疑了。明天怎麼樣？」

「明天什麼時候呢？」

「明天，」壯健的小熊說：「今天表演完時，他們牽你到哪裡去了？」

「到別處去表演呀。」

「那麼明天你就在那個途中逃跑好了。」

「好吧。」籠裡的小熊想了一想說。

「一定呀，你千萬要拿定主意，我們大家都在想你呢。」

「好的，好的。」

「那麼明天我在村外等你，好，再見。」

「再見。」籠裡的小熊看著一個壯健的影子在黑暗中消失。

第二天，當牠在那裡表演完畢，被牽到別個村落去的路上，在牽著牠的人不備的當兒，牠突然地跑脫了，一穿就穿到高粱地裡。

牠聽見人們在後面大聲呼喊，四面兜尋，牠拖著沉重的鐵鏈在高粱地裡匍匐前行，穿出了高粱地。牠正茫然不知所措的時候，那隻壯健的小熊來接牠了。壯健的小熊用嘴含起鐵鏈的一端，伴著牠跑，跑進了灌木叢裡，叫牠歇下來。一直到天黑了，才又帶牠回家。

家裡的父母親友都非常高興，用盡方法解去牠頸上的鎖鏈，大家唱歌，跳舞，慶祝了一夜。接著聽牠講別離以後的際遇，怎麼樣練本事，怎麼樣表演，怎麼樣博得掌聲與笑聲，怎麼樣獲得主人的賞賜。最後牠就在大家的面前表演後腳豎起，前腳凌空的走路，表演樹頂上打坐，還拿圓石塊在頭上頂著玩……。牠滿以為表演完了一定會獲得大家誇耀與稱讚，至少也有點掌聲與笑聲，但是大家都靜默著，最後不約而同地發出深沉的嘆息。牠感到無限的悵惘。

五更時，牠們在山岩裡面就寢，但是牠竟失眠起來，覺得什麼都不舒服，又潮溼，又硬又不平，想想籠裡稻草與木板，牠深悔回到老家來。但是牠終於勉勉強強睡著了一會。醒來看見那隻壯健的小熊來找牠，約牠一同到外面去尋食物，這已經不是幼小的時代，不能再依賴父母替牠們去尋了。

外面是陽光滿地，原野青草叢叢的小丘，但是牠跑了一會，竟跑不動了。牠想念人們把食物送到籠裡的日子，想到只要翻幾個跟斗，後腳豎起來走幾步路，就可獲得一定的食物，而且還有掌聲的日子，牠真想立刻回到雜耍班去。牠說：

「我想我還是回到籠裡去吧！」

「怎麼啦？」壯健的小熊說：「你該是累了，歇著吧，我替你去尋去。」壯健的小熊歌唱著去了，牠單獨地坐在樹下等著。碰巧有一群不相識的熊走過，看牠單獨地坐著，都過來同牠玩耍，但是隨即發現牠一點力氣都沒有，竟連一隻小鹿都不如，不覺奇怪地笑了。

「但是我會許多玩意呢。」我們可憐的小熊說。

「什麼玩意？」

牠於是把人類那裡學來的，牠所常表演的本事都顯出來了。

但是大家不但不覺得可佩，反以為牠是瘋子，有的竟以為這是一種可怕的傳染病，互相警告著跑開了。

牠非常惆悵，寂寞地又坐下來。

那隻壯健的小熊帶了許多食物回來，請牠痛快地吃，這些都是牠難得的食品，但是牠竟只能吃一點點，牠覺得有點不配胃口……

夜裡，在潮溼，不平，堅硬的山岩裡，牠覺得這個熊世界實在太野蠻一點，牠關念籠裡的生活，最後牠決定偷跑回去。

牠剛跑出洞口，湊巧碰到那隻壯健的小熊來探訪牠。

「你上哪裡去？」這位客人問牠。

「我想回到籠裡去。」牠說。

「為什麼？」

「我覺得那面好。」

「那面好？」壯健的小熊驚奇了。

「是的，那面比較文明，這裡實在太野蠻了。」

「你覺得我也野蠻嗎？」

「是的，但是我勸你同我一同去，過一些日子你也會文明的。」

「我不相信那面文明，即使是的，我也不去。當我看見你頸上套著鎖鏈，我猜想出你在那面生活是多麼野蠻了！」

「那麼我一個人去了。」

「你的父母允許嗎？」

「我沒有告訴牠們。」

「唉！怎麼可以呢？」壯健的小熊說著就去報告牠同伴的父母。

父母哭著出來，把牠們的兒子打了一頓，罵牠沒有出息。結果沒有去成。這個消息傳遍了親鄰，當日歡迎牠回來的熊們，現在都輕視牠了。但是牠的老同伴還是愛牠，鼓勵牠，幫助牠。

可是牠總覺得牠的老同伴野蠻、骯髒與無知。於是沒有幾天以後，牠終於在深夜偷偷地跑了。

如果牠回去找到雜耍班，最多被人類打一頓，還可以過牠所希望的日子；但是雜耍班已經離開那個村莊，牠被當地村人獲得了。可惜牠沒有人類文明中說話的本領，不然還可以說明自己的來歷。而村人竟也沒有容許牠表演從人類獲得的技藝，於是隨隨便便賣給屠夫。原因還是人類有好幾種，村人不是獵戶，捉到一隻熊只是意外的好處，所以沒有打算就賣給附近的屠夫。

不用說，這屠夫不久就把這隻可憐的小熊宰了。

臨死時候，我們可憐的小熊說：

「原來人類會比我們熊還野蠻！」

但是人們聽不懂。

自然沒有墳墓，也沒有碑碣。

熊們都不知道牠死，牠的父母與老同伴還都以為牠在過自己愛過的生活。但是大家都不像以前一樣的想牠，也不再期待牠回來了。

一隻美麗鳥兒的故事

從前有一隻美麗的鳥。那實在是美麗極了。但是鳥的美麗同人的美麗有點不同，人是文化的動物，要是一個美麗的人一點沒有受過文化的薰陶，我們似乎不會承認她是十分美麗的。可是鳥的美麗，我們只要牠美麗就已經是十分美麗了。

有許多鳥會唱歌的。我們這隻鳥雖是不會，但她有一副清脆的嗓音。也還有許多鳥會舞翔的，我們這隻鳥雖也不會，但是她有一身活潑伶俐的體態。她身材是美麗的，大一分也許就會顯得笨重，小一分也許就顯得孱弱；多一分也許太胖，少一分也許太瘦；羽毛的色澤，更是難形容，在晴天裡它顯得鮮艷，在陰雨天裡它會顯得清淡；在太陽之下它有炫目嬌媚，在月光之下它有醉心的幽雅；冬天，她的尾巴像高貴女子晚禮服一般曳著無限的韻律，夏天時候就像一個輕衣短裙的姑娘，顯得難比的敏捷與活潑。她的眼睛是圓的，疲倦時候蓄著神祕，興奮時候發揮著清朗……

這樣的鳥還有誰不愛呢？禽類之中不必說了，就是昆蟲也為之顛倒，都愛同她交一個朋友；獸類也愛她，很想同她玩玩，舔舔她美麗的羽毛，試試她肥瘦；人類既是愛美的動物，自然不會落在禽獸的後面。

這隻鳥本來是在山林中的，還沒有長成豐富羽毛的時候，已經有同類來追求了。父母因為她美麗，不得不加意保護，不讓她獨自出外。等到長滿了羽毛，那麼總可以在近邊玩玩了吧。但是一出門就有許多走獸們要找她嬉戲。嬉戲是走獸們的愛情，他們不知道自己的粗魯，笨手笨腳地拉來撲去，這在禽鳥當然是危險的；還有成群的鳥要纏著她，她還不懂情愛，覺得這些與走獸沒有什麼大分別，所以嚇得她不敢遠出。這是美麗的鳥的苦衷，這種苦衷我想人類社會中的美麗少女們都有同感的。

因此，我們美麗的鳥感到非常痛苦與寂寞。她只好整天同蝴蝶們為伴，在樹叢中偷偷捉迷藏，打發那寂寞的日子悄悄地過去。

有一次，是暮春月夜吧，天氣很熱，她一個人在家裡很悶，揣摸流螢也許在田野飛翔了，她就飛出來乘點風涼。

山丘睡得很熟，樹上的枝葉只在睡夢中輕輕呼吸著，池塘的水像一面鏡子，照著一顆渾圓的月兒醉在那裡。

這時候忽然有一絲歌聲傳來，婉轉流利，顛簸抑揚，從低淺的韻律轉到深悠的振動，又從深悠的振動翻出各色各樣的聲調，像一脈流溪在山谷中潺潺東去，又像一股清泉從無底的地層下噴出，於是匯合著從江河入海，泛濫出海濤的奔騰，於是帶著月光的色彩幽幽地奔向山谷，迎接那萬丈的瀑布下降。

這歌聲使我們美麗的鳥迷惑了。她決心要跟他學習。

這自然是再好沒有的事，為打發寂寞的歲月，抒瀉這顆溫柔心靈裡的抑鬱，她於是就每天從這位歌唱的能手去學習了。

以作者的想象，像這樣美麗的鳥之伶俐聰明，以及她天賦的嗓音與對於歌唱的愛好，那麼她的學習一定是會成功的。但是事實竟不是這樣。因為沒有幾天以後，這位歌唱的能手竟對她顛倒了，他追求她，正像人類社會中青年追求少女一樣的囉嗦與麻煩，可是我們美麗的小鳥還在不懂情愛的年齡，所以弄得她非常窘迫與害怕，沒有幾天就輟學了。

於是她陷於寂寞之中，白天裡與蝴蝶們在叢林中捉一會迷藏，夜裡與流螢們在野地上兜一兩個圈子。日子淒涼地過著，不知不覺初秋到了。

是東方剛剛發白的清晨，我們的小鳥站在樹梢上探視太陽上升的消息，忽然在遙遠的樹林中飛出一個靈活的影子，沖入雲霄；閃開五彩的羽毛，像駕著五彩的雲霞一樣，冉冉下來，忽然又轉向東去，與新生的陽光打成一片，旋轉上下，把陽光灑遍了東西南北，於是悠悠地滑向西去，急轉直下，似乎把身上的五彩染遍了天空，於是波動曲折，左右迴翔，化作了無數的彩影，在空中蕩漾，各呈纏綿瀟灑浩渺神祕的韻律，把大氣沖成和諧。最後，千萬的彩影一瞬間又聚而為一，像風中青煙，像潮中花瓣，分不出是陽光扶著它，還是它帶著陽光，迅速而安詳地西去。

這舞蹈使我們美麗的鳥迷惑了，她決心要跟他去學習。

但是親愛的讀者會想像到這位舞蹈家為什麼不能同歌唱家一樣，對這美麗的鳥顛倒呢？果然，沒有學習幾天的工夫，我們美麗的鳥又輟學了。因為她還是一個不懂情愛的孩子。她想像不出，為什麼這些鳥對她總有這類的麻煩呢？她從此再不敢同鳥類來往。怕同獸類來往，又不敢同鳥類來往，那麼只有同蝴蝶流螢們天天捉迷藏夜夜蕩馬路去。但是這樣的生活只是一年一度的行樂，一到了冬天，蝴蝶與流螢都隱去了，難道她一個人也去捉迷藏與蕩馬路麼？

就在這百無聊賴的冬天生活中，她遇到了人類。在她的眼中，這真是一個古怪的動物，兩隻腳放在地上，兩隻腳伸在空中。像這樣大的動物終有一種大的吼聲了，但是並不，而且時時撅著嘴對著她作最醜惡的鳥之叫聲。她不禁失笑了，就近去看看。這隻怪物的一隻懸在空的腳，居然會像小鳥的翅膀一樣，對她招搖幾下。她於是再飛近去，啊，原來另外一隻腳心裡竟有許多甘美的粟子，這是冬天裡難以覓得的糧食。她想問問他從哪裡弄到這樣寶貴的食物，但是人類竟非常客氣給她吃，並且告訴她要吃儘管問他要好了。

從此這隻美麗的鳥就做了人類籠裡的動物。

這隻鳥對於鳥類的愛情感到威脅，對於獸類的愛情感到可怕，現在她要享受人類的愛情了。人類因為愛她，給她象牙的籠子，水晶的糧食罐；早晨把她掛在竹林裡呼吸空氣，夜裡把她安放在房內享受溫暖；冬天掩套著狐皮的籠衣，免得她冷。夏天裡掩套著藍灰的籠衣，免得強光的刺激。生活真是十足的舒適了，只差是一點自由。

這隻美麗的鳥，在十分滿足之中，也感到一點鬱悶，但是她不知道缺少些什麼；她的主人是一個養鳥的能手，在這隻美麗的鳥以外，他還養了許多鳥，這些鳥現在什麼都已習慣，已經不感到有什麼缺少，好像很快樂地過著日子，於是有一天，當大家在樹林中掛著時，她開始問隔壁一個同伴：

「你們感到非常快樂嗎？」

「自然，什麼都不用愁，什麼都不用管，有吃有穿又有玩。」

「但是我總感到一點苦悶。」

「想你的愛人嗎？」

「不，我沒有愛人，我想我的父母。」

「父母嗎？你知道主人就是我們的父母呀！」

「但是我愛我父母，我的父母也愛我。」

「父母有給你這樣舒適的籠子住嗎？父母有給你這樣精美的食物吃嗎？父母有給你這樣清潔的環境嗎？」

「話是對的，但是我總想到外面跑跑，我要同蝴蝶捉迷藏，我要同流螢蕩馬路，我要聽夜鶯的歌唱，我要看鳳凰的舞蹈……」

「這些有什用呢？你要想你就去想吧。」

她再想說什麼時，她的同伴已同別人談今天的天氣了。

這樣一個月以後，她還是感到缺少點什麼。有一天，當她被掛在樹林中間時，她的父母飛來了，她快慰非凡；很想跟她的父母回家，但是辦不到，最後約好了第二天下午洗澡的辰光，叫她父母來接她。

於是第二天，這隻鳥就回到了家。

開頭的兩天生活終算很欣慰，但是四五天以後，她感到家裡實在太髒，太窄；樹枝做成的窠，也太粗糙；中午陽光太強時，沒有綢簾；夜裡太冷時，沒有衣被；尤其是食物，她感到實在太不衛生；於是沒有一星期就回到她主人的地方。

主人看她回來了，非常高興，連連誇讚她不是忘恩的東西。

這樣住了幾個月，有一個富家的公子出一筆上萬元的重價，從這養鳥的能手手裡買了去。

生活於是更舒適了，這因為他肯出這樣重價，就是表示他愛她的深邃。人類的愛情分量，就在金錢價格上的。對於一切美的東西，無論茶壺，桌子，音樂，畫幅與詩歌，甚至對於人類中男女的美麗都是這樣的，那何怪對於一隻美麗的鳥。

自然還因這位公子有錢，夏天裡有冷氣，冬天裡有水汀，糧食裡有花花色色的東西，白塔麵包，奶油點心，新鮮的乳蟲，甜美的水果。一個鳥在這樣的環境裡生活，自然是很舒服了，但是她多病起來，多病也不要緊，公子會帶她去看鳥醫。

日子就這樣過著，似乎很快樂吧，但是每看到蝴蝶紛飛的時候，她感到還缺少捉迷藏的遊戲，每看到流螢飛翔的時候，她感到有蕩馬路的需要。但是幸虧除了一兩次在公子花園以外，她也沒有機會看到蝴蝶與流螢的快樂，所以使她想到這些的時候還不多。

可是第二年夏天，那位公子帶她到一個山林裡避暑去。

有一天她被一隻夜鶯看到了，這隻夜鶯也許就是以前教過她唱歌的鳥，他非常惋惜她會情情願願地住在籠裡，於是每天在她前面或後面，左面或右面的，纏綿而孤涼地唱歌。他唱著各色各樣的調子，抒瀉他心頭的熱情，他唱：

我從前愛過一位姑娘，
她像太陽一般的光亮；
如今我又會見了這位姑娘，
我知道她心底有月色一般的淒涼。
大家說她不愛了她的爺娘，
我不信她有這一種心腸，
她被拘在煙火的籠裡，
月色照著她是多麼淒涼。

……

他又唱：

東邊有太陽，
西邊有月亮，
早晨有花香，
夜裡有草香，
蝴蝶在遊戲，
流螢在飛翔，
黃鶯天天啼，
夏蟲夜夜響，
還有那五彩的鳳凰，
從五更一直舞到天亮。
這光明的山林，
獨缺你這位美麗的姑娘，
來告訴我們誰的歌聲最嘹亮，
誰的舞蹈最高強。

他又唱：

你可是戀慕人間的富貴，
還是人間有金玉的安慰，
你現在再不在山林裡飛，
再不在綠葉上睡，
再不在清晨的霧裡，
洗濯你羽毛的光輝；
你可知道杜鵑為你啼血，
鷓鴣為你天天叫苦，
雁兒拉長了聲音尋你的蹤跡，
鳳凰也再不肯常常飛舞，
還有那梅枝上面的喜鵲，
嗓子哭得像破葫蘆。

這一切的歌曲使我們的鳥兒，心裡受到新的痛苦。而且不久以後，鳳凰來了，鷓鴣來了，雁兒、杜鵑、喜鵲……什麼都來了。他們在她的周圍歌唱，在她的周圍飛翔……。這時我們美麗的鳥已經到了需要情愛的年齡，她感到她需要同那群鳥兒玩玩了，但是她與他們之中隔著一層象牙的籠子，她沒有法子出去。

幸虧這籠子不是板壁，也不是玻璃，她可以在欄柵間與他們說話與談情。

日子一多，她愛上他們中的一隻夜鶯。鳥類中似乎沒有人類中的妒嫉，她愛上了夜鶯以後，大家都尊敬他們的愛情，都願意幫助他們，使他們有終身的幸福。

於是夜鶯就同她計畫結婚，約她於洗浴的時間中，同她飛跑。她起初似乎贊成了，但到了洗浴的時間，她又失去了勇氣，第二天她流著淚對夜鶯說：

「讓我們做一個朋友吧，我的身子是屬於公子的。」

「你以為公子出過錢就買了你了麼？」

「不是的，這是我的懦弱呀！」

「但是我願意鼓勵你，他們大家都願意幫助我們。」

「不要可憐我吧，我是沒有希望的了，讓我無聲無息地這樣下去吧。」

「但是你終不能因為一時的失足，就定了終身的命運。你年輕，美麗，你有你的情感，愛，你跟我走，讓我伴著你，給你健康幸福，美麗與年輕……」

「為什麼要這樣呢？讓我們做一個朋友不好嗎？」

「朋友，朋友，就算是朋友，也都希望你自由呀！我不是你的朋友，我愛你，我要伴你飛翔，我要對你唱歌，我要把我的命運同你在一起……」

「但是我已經不會飛翔。」

「不會飛翔？」

「是的，我的翅膀很重。」

「不要緊的，愛，你跟我走，讓我帶你；你還年輕，你可以學習，為什麼為這點事情就犧牲你終身的幸福。」

「但是我怕我是沒有希望的了，我已經住慣這象牙的籠子，吃慣了人類所給的東西，我離開人類就不能生活了。」

「不要緊，親愛的，你會習慣的，只要我們努力，只要我們努力，你還年輕，為什麼怕被一點點習慣拘束呢？」

「那麼……」

「那麼你趕快不要彷徨了，讓我們走，讓我們在大自然中創造我們新的世界，讓我們……」夜鶯急促地說。

「但是……」她淒淒涼涼地哭了起來。

她不是不想走，但終於沒有走；夏天過去了，公子帶她回到都市，她在生活上雖然習慣，但是心靈上永遠得不到舒展。

她非常憂鬱，她不知怎麼好，她想念那隻夜鶯來，但夜鶯怎麼還找得到她呢？他天天為她相思而歌唱，歌唱到最後，他死了。那群朋友都非常同情他，鳳凰為此遠遷，杜鵑為此永遠啼血，鷓鴣為此永遠嘆息，雁兒為要將他死訊通知這隻美麗的鳥，永遠在長空裡流落。

而我們美麗的鳥，富貴而淒涼地在象牙籠裡衰老。

起初是憂愁兼相思，後來是懊悔與抑鬱，最後她是灰心而怠倦。她慢慢地日久枯凋了。

她圓眼常常閉起來，羽毛也一點一點脫落了。她已經失去了美麗與青春。公子也不再像以前一樣的愛她，僕人也再不像以前一般的伺候她，食物也不像以前一般的講究，而且常常忘記餵她。

這時候她想念山林，她想飛出去，她想找她們的老友，她想自由，想用自己的力量去尋覓食物。

這個欲望不久就實現了，因為公子決心不要她，把她拋在花園裡。她起先很高興，以為有了自由，但是展了一兩次翅膀，都飛不到一兩尺就跌下來。她在失望之下，想唱一支歌叫她的父母、愛人與朋友，但是她不會唱歌，一兩支童年時所學的簡單的歌曲，也早已忘去。於是她在草叢裡拚命地喊，但是一點也喊不嘹亮，空中的鳥兒都沒有聽見，聽見她的是地上的狸貓。

「啊唷，你怎麼啦？」狸貓問她說。

「我麼，我想找一個愛我的鳥兒。」

「啊，最愛你的不是公子嗎？」

「但是我不愛他，我愛的是夜鶯。」

「別不要臉了，公子不愛你，才把你拋在這裡的。」

「公子從來都不愛我的。」

「過去是愛你的，你看你住的是象牙籠，吃的是水晶碗，我偶爾看你就遭他們打，現在你居然也被棄了。」

「你看我，你為什麼看我呢？」

「我麼？我也是愛你。」

「你愛我，真的？」

「真的。」

「現在還愛我？」

「是的。」

「那麼請你為我叫我所愛的爹娘、朋友、愛人來救救我吧。」

「你錯了。我不是鳥類呀。」
「那麼你並沒有愛我。」
「愛你的公子為什麼不替你叫呢？」
「他並不愛我，只是拘束我的自由。」
「這是人類的愛情呀，供給你物質的欲望，占有你精神的自由。」
「人類的愛？」
「是的，男人愛女人是這樣，女人愛男人也是這樣。」
「那麼我不需要這種愛。」
「但是你已經享受到現在。現在輪到我來愛你了。」
「你？」
「是的，我是走獸，我看你這樣美麗，早就想嚐嚐你的味道，現在就是時候了。」貓兒把這幾句話說完，已經把她按在爪下。
「鳥兒，鳥兒……」
她還沒有說出，貓兒已經兩口三口地把她吞下肚子去了。
這隻美麗的鳥是這樣死的，她享受了人類的愛，享受了獸類的愛。但是這不是可以使鳥兒幸福的愛情，使鳥兒幸福的是禽類的愛情。這是這個故事裡的鳥兒可以有的，但是她沒有享受到。因為要享受這份愛情，第一自己要會飛翔，可是這在這隻鳥身上竟會是難事！

一九三九、十二、九。下午。

鬍鬚

從前，自然是從前。

在一個叫做鬍鬚的帝國，那裡男子都以鬍鬚為美。大概在二十幾代以後，出了一個年輕的皇帝，他雖然還很年輕，但是已有了一束美麗的鬍鬚。

不過鬍鬚雖然美麗，他的德行可不很好。於是許多人民都對他懷恨起來了。有的說他鬍鬚是假的，所以不配做皇帝；有的說他不是前皇的嫡系，所以鬍鬚是假的；有的說他不是鬍鬚國的血統，所以沒有真鬍鬚……不過大家雖然這樣說，可是自從那皇帝實地把鬍鬚給百姓考驗以後，革命風潮就平息了。以後凡有異議，保皇黨就有話說了：「就憑這束美麗的鬍鬚，他無論如何總是我們的皇帝。」慢慢百姓也覺得這是一個顛撲不破的理論。

從此，這年輕的皇帝憑著這份鬍鬚就橫行不法，無惡不作起來，強奪百姓的田地，囊括全國的珠寶，霸占良家女子，殘殺無辜人民……

但是「他有一束美麗的鬍鬚，因此他總是我們的皇帝！」革命雖在醞釀，但始終沒有法子爆發。

有一次他霸占了一個少女。這位少女，愛情另有所鍾，加之平素恨帝王徹骨，所以她對於年輕的皇帝一點沒有羨慕，不過已經被捉到了宮殿，索性假作很高興，把這位皇帝騙得非常相信，於是兩人對飲到二更時分。

酒至半酣，她談笑歌唱，嫵媚已極，那位年輕的皇帝情不自禁，擁她在懷裡，用他有美麗鬍髭的嘴唇去吻她。就在那個時候，冷不防這位少女用力一咬，將他上嘴唇的大半咬掉了。

當時這位皇帝血流如注，大聲吼叫；朝中驚慌一時，把他送到了醫院。

這位少女就被押起來。第二天對她審問，她的供狀是愛帝太深，醉後不知怎麼一來，闖此大禍，真是罪該萬死。

但是這位年輕皇帝並不要殺她，他還急於傷癒之後，納她為己有。

於是她被優待起來，而皇帝自己則在醫院裡養創傷，並且常常召她做伴。日子一天一天地過去，他們倆的愛情日益滋長。可是因為皇帝唇傷未癒，始終無法接吻。但是這位少女可享盡了帝王家的富貴榮華。

大概一個月以後吧，這位年輕的皇帝創傷快好了。但是她說：

「我們快樂日子正長，何必急於接吻，使你的創傷加劇呢？」

於是一直到這位皇帝完全好了。

但是當那位皇帝興高采烈，以為從此終可以霸占這個少女，誰知消息傳來，這位少女竟自殺了。

皇帝自然悲傷得很，但是不久也就忘了。所不能忘的，則是美麗的鬍髭現在已有了殘缺。

這成了一個重大的問題。

朝中大官們為這個問題，開了不少次會議。有人提議皇帝不妨養著剩下來的鬍髭，以古怪為超凡，有人提議索性將其餘的鬍髭都剃去，但是皇室裡的人都反對。最後他們感到這是生理的問題，不是政治的問題，於是請了許多醫生來討論。醫生們都說沒有辦法。最後只得懸了重賞，徵求世界的良醫。

這消息傳到了各處，不久就有許多中國郎中、印度大夫不遠千里來應徵，但有的搖搖頭走了。有的騙了一點錢留一點齷齪的藥膏回去了，有的在這位年輕皇帝的唇上刺幾針金針藥針就束手。最後來了一位獸醫，他要求看看皇帝的嘴唇，他說：

「這唯一的辦法，就是『種』，像種稻種麥一樣地種。」

皇帝聽了可高興極了。

「但是，這需要許多日子才能長起來。」

皇室裡的人以為只要能長起來，多些日子也沒有什麼。

於是這位獸醫開始工作了。他要求從全國女子的頭髮裡去選擇最好的鬚秧。

這在皇帝不是難事，但是費了兩個月之久，把全國美女的頭髮都選到了，可是沒有一個合適，有的太細，有的太粗，有的粗細合適，但是顏色同原有其他部分的鬍髭不一致，有的顏色千真萬確，可是不是太柔，就是太硬。

於是又將全國所有婦女的腋毛與陰毛選來，讓這位精明的獸醫每天在顯微鏡下化驗室裡研究。

但是半年過去了，還是沒有結果。

民間的革命又在醞釀，保皇黨也無法辯護。想盡方法來爭鬥，最後在政治上終還算是勝利的，因為本來大家嚷的是：

「我們不要假皇帝！」

「我們要有鬍髭的皇帝！」

現在經過保皇黨巧妙的宣傳，大家都改嚷：

「我們要求皇帝的鬍髭！」

但是皇帝的鬍髭需要百姓們不斷地輸捐身上的毛髮，給獸醫在化驗室內研究。於是本來沒有被徵的男女老少，也都輸捐來了。

不過這些還是沒有一束可以完全同皇帝的鬍髭一樣，最後據獸醫說，有一束女子的陰毛還可以勉強一用，但是將來長起來恐怕太彎曲，現在要皇帝來決定用與不用。

皇帝想了三天，最後終於拒絕了。

獸醫嘆了一口氣說：

「實在您陛下的鬍髭太美了，沒有辦法，我只好告辭。」

皇帝自然不肯放他走，可是他一定要回去。他的財已經發了不少，那時候大概沒有經濟統制，他很想帶著錢回家享福了。

但是皇帝既然出了偌大的薪水用他，又花了許多錢供他研究，現在一點結果沒有，不免有點不高興。而皇室裡的人又向他苦苦哀求。

「那麼好。」他說：「讓我到國外去採辦『胡種』，辦來了就可以種上去。」

這樣，那位皇帝又撥了一筆很大的款子給他，並且派兩個人跟他同去，暗地裡囑他們監視著這位獸醫。

民間的嚷聲四起，有許多已經從「我們要求皇帝的鬍髭」又改為「我們要有鬍髭的皇帝」了。

但是皇帝還是沒有鬍髭。

日子悄悄過去，一隔已是三年，皇帝已經老了不少，但是鬍髭還是殘缺著。

就在那時候，我們的獸醫回來了，他帶了一束兔毛，說這是一根一根地從千萬隻的兔子身上選下來的，是千真萬確同皇帝原有的鬍髭沒有半點不同。皇帝聽了高興非凡，於是揀了一個黃道吉日，開始預備種上去。

朝中食祿者為這事舉行了一個盛大的典禮，載歌載舞地鬧了三天，於是獸醫將兔子毛種在皇帝的唇上。

手術完了以後，情形都很好。皇帝在例金以外，又重謝了獸醫，並且請他擔任太醫的官位，但是這位獸醫一定要回去，皇帝於是用最大的盛典歡送他，以後我們就不知道他的下落了。

這裡，皇帝的鬍髭終於恢復了，但是日子不過三個月，三個月以後某一天皇帝在洗臉的當兒發現後種的鬍髭掉落了幾根，從此每天都有新掉下來的。這使皇帝非常憂愁。

於是朝中又為這問題忙亂起來。開會，討論，提條陳，反駁，質疑，分黨派，投票，論戰，械鬥，暗殺……一個月過去了，還沒有一個一定的意見，皇帝的鬍髭已經完全殘缺了。

最後還是宮中一個太監，他獻計提倡沒有鬍髭的風尚，這得到了皇帝的嘉獎。

於是一道命令，通行全國，絕對禁止男子養鬍髭，有不服從的處三年以上的徒刑。

一時理髮店生意大好，千千萬萬的人來刮臉。

但是民間還是以鬍髭的美麗為男性標準，青年們都不肯立刻剃去，為少女們的愛好，他們寧願冒坐牢的危險。

不到一月，全國的監獄都滿了。

這樣下去自然也不是辦法，只得將這些囚犯的鬍髭剃淨放出來，從此另想辦法，由國家給理髮匠以統領的頭銜，每個理髮匠帶兵士數人在各處通街要道巡邏，遇到有鬍髭的人，立刻將其剃去。

這個方法很好，但是偏偏有一個馬戲班的丑角，鬍髭特別會長，早晨剃去了，下午就長出來在馬戲場上露面，接受全場觀眾的掌聲。

結果統領之流，對於這位丑角，做到的還不過是理髮匠的職務，於是喪氣之餘，決定把丑角的罪狀報告給皇帝，理髮匠的文章常是四六對句的，做了三天三夜，覓得奏章如下：

查得丑角一名，
像有二層嘴唇，
早晨削其鬍髭，
晚又長如春筍，
專在馬戲惑眾，
博得萬人掌聲，
帶笑擅奪帝譽，
有意違背皇命，
如此罪大惡極，
例應施以宮刑，
割其上層嘴唇，
抽其下唇血筋，
由此殺一儆百，
方見皇法嚴明。

但是皇帝讀了，竟勃然大怒，以為「如此罪大惡極，理應施以宮刑」」兩語，大有諷刺皇帝意思，不由分說，立即將這位理髮匠拘來槍斃。

接著又將丑角拘來，親自審問：

「你是不是擅養鬍髭？」

「我半天有鬍髭，半天沒有鬍髭。」

「你知道皇命在前，全國男子不應養……」

「陛下，但是我上半天在世上做人，下半天只在戲裡做丑角。實在不瞞你陛下說……」

「但是你難道不知道普天之下莫非王土，率土之濱莫非王臣嗎？」

「我知道，陛下。不過不瞞你說，除萬歲以外，每個人都有兩個世界：一個是白天的世界，在王國裡做百姓做苦力，一個是夜裡的世界，在夢裡做皇帝，滿足一切白天的欲望；一個是在房外穿著整整齊齊在世交際，巴結闊人，禮貌周到，態度文雅……一個是在房間，脫得一絲不掛，獸性畢露，野蠻瘋狂，同老婆愛人妓女睡在床上；一個是肉體狂妄跋涉，頭輕腳重，在世間招搖過市，一個是靈魂低首下心在上帝面前，服服帖帖做奴隸；一個是對屬下耀武揚威，雷厲風行，一個是鞠躬如也對上司奴顏婢膝；一個是賺錢的世界，恭恭敬敬，像煞有介事，一個是花錢的世界，搖搖擺擺地擺架子……。至於我這種人，是一個低微的戲子，上台的時候，有時候是皇帝，有時候是叫化子，有時候是抱著美女在馬上的英雄，有時候是大家可以打耳刮子的壞種，下台的時候實在不過平平常常規規矩矩的百姓。誰願意穿著花花綠綠的衣裳在台上讓別人指點罵笑，歸根到底還不是為一口飯？我的生命已經有三十年在這樣可憐的情形下過著，還沒有被人揚棄，完全靠這束鬍髭，這束鬍髭在萬萬的觀眾前，已經有了傳統的催眠的魔力，不管我扮的是人是狗，是皇帝，是叫化子，是英雄，是癟三，大家只要一見我鬍髭就笑就鼓掌；有人說我的鬍髭有點像你陛下的鬍髭，但是我的歷史的確長於陛下，因為我已經快老了。要是說陛下有了我一樣的鬍髭以後，我就紅了起來，那麼是我托您陛下的福。再說，戲台上的事情都是假的。我們立國幾千年，皇帝只有一個，但是從不干涉戲裡的皇帝；那麼您陛下何必管那戲裡的鬍髭……？」

「你的話也有理，但是我倒要問你，你的鬍髭怎麼長得這樣快？」

「陛下，不瞞您說，我的鬍髭是假的。」

「假的？」

「不錯，陛下，戲台上的事情什麼都是假的；要是您以為我的鬍髭是真的，那麼我還有扮老虎的時候，難道您陛下也以為我身上的毛也是真的。」

「真是假的嗎？那麼你把假鬍髭給我看。」

於是這位丑角從袋裡摸出假鬍髭。

「唔……。」皇帝看了一看，有點覺悟了。

「是不是假的？但是陛下，恕我多嘴吧：我們做久了戲裡的人，把世界上真的事情也作假的了。這同您陛下不同，陛下是皇帝，總愛把世上的一切當做真的，就是連假的東西也愛當做真的。也許是我們戲子的可憐處也是可愛處；戲子決不妄想做皇帝，因為皇帝在戲子看來也是假的，但是您陛下……」

「是的，不錯，我是把你的假鬍髭當作真的了。但是大家都把你當做真的。」

「是的，陛下，他們都是升官發財的人。」

「……。」皇帝沉默了，在想。最後他問：

「怎麼？你把這假鬍髭粘上去的？」

「是的。」

「你教我好不好？」

「這個容易。」丑角說著從袋裡掏出小小的一個膠水瓶：「用這個膠水，一粘就得了。」

皇帝叫他代粘一下，果然同真的一樣。這使皇帝高興得很，賞給他一千塊金元，叫他多拿點膠水與做點假鬍鬚來。

從此皇帝又有了鬍鬚，並且強迫全國開慶祝大會；皇帝長著鬍鬚在高高陽台上演講。

大家都相信皇帝有鬍鬚了，但是每個皇帝所寵愛的女子，在他床上都說著：「這原來是假的！」皇帝才感到自己有兩個世界。

日子於是太太平平地過去。

一直到有一天，皇帝又在群眾前演講了，大概為慷慨激昂嚷一聲口號吧，拳頭伸出去碰到了自己的嘴唇，於是鬍鬚掉了下來。

這立刻惹起群眾大笑了：

「原來是假的！」

皇帝憤怒地退下來，派人叫那位丑角來問：

「你騙我，壞蛋，怎麼要掉下來的？」

「陛下，什麼鬍鬚不掉下來呢？無論是你以為真的或假的。」

「但是你的呢？」

「我自然常常掉下來，當我翻一個跟斗或者從高處跳下來的時候。」

「那麼群眾不笑嗎？」

「笑在我是好的，我的職業無非使人笑笑。」

「但是群眾還愛戴你。」

「自然嘍，因為他們對我的要求就是要我給他們笑。」

「但是他們以後還相信你的鬍髭？」

「自然嘍，當我在另一場裡……」

「但是……」

「否則我也只能演一場戲了！」

「那麼，平常的人只能在一場戲裡做人！」

「是的，這因為大家把世事看作真的，甚至把假扮的也看作真的。」

「而你是把一切看作假的！」

「不錯，陛下。」

「……。」皇帝沉默了。

「陛下……」

「……。」皇帝靜在沉默中。

「陛下，還有什麼吩咐？」

「噢，你去吧！」

這以後皇帝就覺得樣樣是假了，自己想想做皇帝也覺得有點滑稽，對一切開會演講再沒有自信力了。

民眾們於是再不相信皇帝：

「皇帝原來是假的！」

「皇帝原來沒有別的，只是一束鬍髭！」

革命就這樣起來，皇帝逃了。

不知道隔了多少年，有人發現皇帝蓄著假鬍髭在別國做丑角，於是就去拜會他。致了誇讚辭以後，皇帝先問：

「你以為我的鬍髭是真的嗎？」

「就是你的確是假的，我們都願意說你是真的。」

「不錯，但是一個有真鬍髭的皇帝，別人反要以為是假的。」

「你還憶起皇帝時代的生活嗎？」

「什麼都忘了，只是不能忘記一件事。」

「……？」

「過去我所愛的女子們說：『不要假裝了，去掉你的鬍髭吧！』但是現在愛我的人說，你的鬍髭是多麼可愛呀！請你永遠戴著給我們看吧！」

……

故事是完了，這當然是我瞎編的荒唐無稽的玩意，沒有人相信它。但是：

「皇帝的真鬍髭是假的，丑角的假鬍髭是真的。」有些人居然相信了。

「皇帝的鬍髭只能假一次，丑角的可以假千萬次。」有些人也居然相信了。

「世界上有兩個世界，每個人活在世上也活在夢裡；每個人活在上司之下，也活在下屬之上；

每個人活在衣冠楚楚的台上，也活在裸體赤胸的台後，每個人活在……也活在……」大家也都肯相信。

「假×假＝真。假×真＝假。」學過數學的人都相信的。

可是誰肯相信：

「真×真＝假。真×假＝真。」

這只有兒童與丑角，他們肯在真中尋假，也肯在假中求真。

所以兒童們最愛丑角，也最愛詩人的謊語、童話的幻境；而他們也最多不合理的問句。

可是我這裡寫的，雖然也是謊語，但不是詩人的；雖然也是童話，但沒有幻境。

這只是一個平平庸庸的故事，是誠誠懇懇獻給成人們的。

但是不愛讀童話的成人請勿聽這個故事，因為這到底沒有新聞一樣的可靠。

一九三九、六、二六。

畫眉的故事

一

故事是說一個有錢的人家，只養了一個寶貴的千金，因為非常寶貴，家裡又有錢，所以吃得很好，穿得很好，一切都非常小心，平平安安過了四年，變成一個白白胖胖的孩子。

等到這個白白胖胖的孩子會玩了，她要玩各色各樣的東西。因為非常寶貴，家裡又有錢，所以她要什麼就給她什麼。

可是不幸的事情發生了，五歲那年，有一天，她拿了一個玻璃杯在路上跑，一不小心，摔了一跤，臉兒正撲在玻璃杯口上，當時血流滿面，請醫問卜，忙得雞犬不寧，費了九牛二虎之力，花了不少錢總算完全醫好，但是不幸的是左右眉心都有了一個疤口，兩條清秀的眉毛截成了四條。任何醫生對這個創疤沒有辦法，萬萬金家產也不能幫助她。

以後這個女孩子慢慢長大了，一切都非常美麗，獨獨這兩條眉毛有一個後天的殘缺，毀壞了她整個臉部的結構。

十四歲過了十五歲，十五歲過了十六歲，對著鏡子，這個美麗的小姐，雖然過著很舒服的生活，但是心底有一份悲哀，隨著她愛美的天性一天一天生長。

十七歲起，這個女孩變得非常沉默，不想玩，也不愛出門，抑鬱寡歡，長吁短嘆地過日子，身體也一天一天不好起來了。

她的父母自然非常憂慮，以為她需要嫁人了，四面八方替她物色相當的男子。等到物色到一個比較合適的人了，她母親才去徵求她的意思，但是她一聽到母親的話，忽然咽咽嗚嗚地哭了：

「媽！你怎麼要我嫁人了？」

「男大須婚，女大須嫁；你近來這樣不快活，做媽的怎麼會不知道，媽也是像你這樣長大起來的。」

「媽，但是我一定不嫁。你知道我的眉毛……」她哭得話語都糊塗了。

「眉毛，啊，這是從小做下的殘疾。這有什麼關係，像你這樣美麗，有這一點點毛病也沒有什麼損害；世上比你難看的人有多少呢！」

「媽，實在告訴你說，天生難看我去怪誰？但是媽偏偏生得我這樣美麗，可是眉毛，媽，為什麼你讓我有那麼一個殘疾？」

「這是媽從小太疼你，什麼都給你玩……但現在早就過去了，我們家又有錢，難道嫁了人怕別人輕視你嗎？」

「不，媽，我不嫁人。我不是平常的女孩，嫁一個人就算定了終身，我要交際，我要許多男人對我拜倒，我要……，但是媽，假如你是愛我的，你給我錢，你給我錢，我要填補我眉毛的缺憾。」

二

媽於是把女兒的意思去同爸爸商量。

爸也只有這一個女兒，自己也老了，只要女兒自己有辦法來彌補眉心的缺憾，錢算得了什麼？而且萬萬金家產將來也都是這個女兒的，如果女兒不以此為樂事，而以眉毛的健全為快樂，那麼為什麼不讓她去買快樂呢？錢之所以可貴，也因為它可以買幸福罷了。

於是他們就把女兒叫來，對她說：

「兒呀！所有家產全是你的，你現在都拿去用好了。爸同媽只有你一個女兒，你為什麼還要分彼此呢？至於眉毛，那是當初太疼你的緣故，你要什麼就給你什麼，把玻璃杯也給你玩，害了你有了這個殘缺。但是當時不知請了多少醫生神仙，都沒有辦法……」

這些話把這美麗的小姐說得哭了，但這不是悲哀，而是感激，哭完了隨即露出她多年不開的笑容。

自從那天以後，這位小姐態度完全變了，她有說有笑，並且還常常出門。她出門是去訪問名醫。

世上的醫生有四種：一種是有名無實，一種是有名有實，一種是無名有實，一種是無名無實。她訪遍了這四種醫生。

第一種醫生收她許多錢，但給她許多補藥吃；眉毛雖然還是殘缺著，但是身體倒健康了不少。這使她比從前更加健美，但是也更顯得眉毛的缺憾。

第二種醫生診了十來次，再對她說，用植皮術或者可以，但是眉毛雖然會有，不過疤反而要比原來大許多的。這有點得不償失，她自然不贊成用。

第三種醫生第一次就告訴她沒有辦法。

第四種醫生對她說：「這最好到眉毛專科醫生地方去診治，可惜世上還沒有這一種專科醫生。」

她花了不少錢，但從此不再問醫生。

三

醫生雖然給她失望，但是朋友並沒有給她失望。她並沒有男朋友，這不是她不愛交，或者不會交，而是因為眉毛問題沒有解決，她不願交。但是她有幾個女友，她們都是向她討好的，這並不是她有什麼高貴，而是她有錢。向有錢的人討好，拍馬屁，女子社會同男子社會總是一樣的。

這些女友看她太頹喪，於是想替她出主意了。

說起一個人的面孔，為什麼鼻子一定有兩個孔，嘴部一定要一個縫，眼睛一定要開兩個洞，嵌著兩個球要上上下下會動？

她們從這個問題入手，立了一個社，廣約友朋，每天開會討論。茶點豐富，酒菜入時，不到一個月，全城婦女界名流差不多都參加了，自然報紙上也不時有她們的消息，後來別處也立了分會，並且時時派代表來。

這樣大概有一年之久，每日一茶敘，每周一餐敘，每月一大敘，討論切磋，最後有一個多才的女子出版了一本書，這本書名叫做《婦女眉毛四段論》。

書中先敘眉毛的歷史，用廣博的引證，論當社會還是女子中心的時候，婦女的眉毛本是四段的。第二章論眉毛的作用是威儀的表現，男子一見女子的眉毛比自己多兩段，所以都臣服在女子的腳下。

第三章論到從四段到兩段的過程，說是因為男子要爭領導地位，所以引誘女子將四段眉毛改作兩段，以使女子喪失了威儀。

第四章論到眉毛的美。說鼻子有兩孔，嘴部是一條縫，眼睛是兩粒帶黑點的白球在動，都是多數的習慣，違背了這習慣是不美。至於眉毛的習慣本是四段的，現在以兩段為美，完全是臣服男子的習慣，正如以穿胡服為美一樣，是一種屈辱。

第五章是熱情地喚起大家，對男子表示抗爭，將眉毛改成四段。

第六章是說到我們故事主角的小姐之偉大與出眾，並且用三十頁的篇幅描寫她的美麗，以及她的四段眉毛的嫵媚，用美學的原則說明它在全部臉龐的作用遠勝於兩段眉毛，並且用特別的紙張刊印這位小姐的五色照相。

第七章論到如何使兩段眉毛改作四段眉毛，作者舉出四種。一、割切法；二、剃削法；三、拔去法；四、染色法。但特別頌揚割切法，對於兒童尤主張施行此法。

此書出版後，社中舉行大宴，每個社員都贈送一部，並且發起四段眉毛推進會，當場請大家簽名，以身作則。

但是簽名的人雖是全數，而到第二次會敘的時候，實行的人還沒有半數；於是第三次會敘的席上就請了二十個理髮匠去強迫執行，雖然大家用的都是剃削法，但是社中的運動總算完全成功了。第二天報上就有了她們全體的照相。

接著許多擁護女權的男性也來湊熱鬧鼓掌。事情似乎表示這個運動的勢力，但是社外的女子仿行的還是沒有。於是由社中組織宣傳隊去宣傳，演講，貼標語……又用懸賞的辦法叫人實行割切者每人五十元，剃削者十元，染色者五元。事情自然很有成效，但是實行的都是鄉下佬，衣服襤褸的窮人，年齡半百的老婆婆。而時髦女子，漂亮學生似乎都不來參加。

有人以為這個運動應當從大都市入手，因為美的標準，都是追隨大都市來的。於是我們的小姐率領最忠實社員二十幾個人到了上海。那時上海的風氣是追逐美國的，她們又不得不到美國；到美國才知道美國的風氣是追隨巴黎的，於是又到了巴黎。但雖然也略事宣傳，可是第一因為錢不夠，第二因為女子還都想在男子身邊討歡喜，響應的人竟一個沒有。她們只好失望回鄉。

但是故鄉當初的社員都變了：有的嫁了男人，有的因為去過別處，孤掌難鳴，怕成笑柄，眉毛早已養成兩段；有的因為別人養起來，自己也何妨恢復？而且領導乏人，會敘沒有定期，大家也把四段眉毛的理論忘了。

四

錢雖然用了不少，但是一切失望，我們的小姐也灰心起來，會也不召集了，朋友也不來往了。她又變得非常沉默，不想玩，也不愛出門，抑鬱寡歡，長吁短嘆地過日子，身體又一天一天不好起來。

雖然還有她那群二十幾個最忠實的社員不時來慰訪她，可是她們的眉毛也都養足兩段，連那位《婦女四段眉毛論》大著的作者，也揚著兩段長長的眉毛；她現在是嫁人了，她有什麼辦法，大家都揚著兩段長長的眉毛在伴男子。

這些使我們的小姐更加難堪，慢慢地瘦了病了；她的老父母非常擔心，叫她就醫，她不肯；請她出去散散心，她也不肯。於是她父親說了：「那麼還是嫁一個人吧，我們有錢，眉毛有什麼關係？」

「是呀，我也是這個意思，眉毛又不能當飯吃，而且你除了眉毛以外，哪一點不比別人美呢？」她母親也應聲。

「……」她什麼話都不說，默默地嘆一口氣。

從此，飯也不愛吃，臉也不愛洗，每天躺在床上不說話。日子就這樣過去了。

大家都擔著憂。她的父母時常流淚，但是一點辦法也沒有，替她請醫生，她不肯吃藥，吃了藥也毫無用處；叫她出去玩玩，她毫無興趣。算命問卜，又有什麼用？這樣過去了一年。

最後還是一個老佣人在她父母面前獻計，說是什麼廟裡的菩薩非常靈驗，何不去求求神呢？

於是老夫婦沐浴茹素，到菩薩處焚香叩頭，發願祈禱。

但是求到的是兩包香灰，一包搽，一包吃。拿到家裡雖然勉勉強強求他們女兒接受試用，其實老夫婦的心裡也知道這是無效的東西。

可是事實上這竟發生了效力，兩天以後，我們的小姐竟起床出來了，而且眉毛長足了兩段。

大家都驚奇了，我想讀者一定也奇怪的。

其實這是平常的事情，我們小姐隨即說穿了。但這也不能不說是菩薩的靈驗。

「香灰呀！香灰填補了我眉毛的缺憾。」

「啊！同天生一樣！同天生一樣！」

「啊！同天生一樣！同天生一樣！」

異口同聲，大家都這樣湊奉她。

從此，她臉也肯洗了，藥也肯喝了，飯也肯吃了，也常常出去玩了，健康就這樣恢復起來。

而且現在她已經進步，香灰不用了，她用炭條來描她眉心的斷口，為使人家看不出起見，她把整個的眉毛都改畫一番，而且畫得比天生的還同她臉龐相配，成為彎彎的小弓，如愛神拿著的一樣，後來把眉梢凌亂的雜毛也拔去了，這樣她就成了最美的美人。路上街頭大家都對她注目，沒有三天，全城的人都爭著來學她把眉毛畫成小弓形了。

於是她巡遊了各地，也到了上海，紐約與巴黎，並沒有請客、開會、討論、宣傳，也沒有理論、講義與著述，而且她沒有說一句話。到一個城市，只要在街上走過，或者戲院、舞場坐一下，沒有兩天，大家都模仿她起來，接著全城都風行了。

為這普遍的風行，於是全世界的美容館研究畫眉，化學師研究畫眉膏，我們的小姐自然也捨炭條而用帶有香料的畫眉膏了。

自然有許多男子追求她，自然她後來嫁了一個她所最愛的男子，大團圓結束。

沒有人會相信我這個奇怪的故事，但是這是真的：女子們都畫著眉毛找情郎，男子們都找兩段眉毛的女子，不怕它是假的——因為假的、真的一樣，這只是服從的表徵。

一九三九、七、十一。晨半時。

鏡子的瘋

在華麗的大廈中，有一間精緻的浴室；在這精緻的浴室中，有一面講究的鏡子。

不知從哪一天起，這面講究的鏡子忽然瘋了。沒有人注意這件事情，直到那天，那家美麗的大小姐去洗澡的時候。

浴室裡熱水早已由佣人放好，蒸汽彌漫了全房，鏡子上面浮著水汽，一點也照不出什麼。我們的大小姐於是脫去了外衣襯衫，把脫下的襯衫在鏡子上一抹，露出一塊可以照出半身人像的地盤，她看看自己豐腴而白潤的肉體，她滿意極了。於是又解去粉紅色的奶罩，露出她一對蘊蓄著無限柔性的乳房，她清清楚楚地看了十分鐘，才在旁邊的椅子上脫去綢褲與絲襪，這樣她就跳進了浴缸。

在這個時間中，除了三只五十支電燈光以外，絕沒有第四隻眼睛來窺探，更談不到有人進來。但是等她洗澡完了，從浴缸裡跳出來，站在乾毛巾上，順手拉了一件浴巾在身上揩時，忽然想到要看一看自己純潔而奇美的肉體，她就用浴巾將鏡面的水汽完全揩去，可是剛剛站直要照的時候，她看見鏡子裡面的人竟不是自己，而是一個裸體的男子。

這使她駭極了，她立刻拉一件浴衣披上，跑到她母親的地方，咽咽嗚嗚哭了起來。

「怎麼啦，寶貝？」做娘的從床上驚醒，慌忙地問。

「媽，浴間鏡子裡會有一個男人！」

「男人？」做娘的笑了：「你披你爸爸的浴衣，照起來自然像一個男人了。」

「但是，媽，不是穿浴衣的，是光著……光著屁股的男人呀。」我們的小姐說完了又哭起來。最後到底還是做娘的起來，到浴室裡把鏡子檢查一番，覺得一點毛病也沒有，鏡裡的人物還是她同她美麗的女兒。她說：「寶貝，那一定是你的眼花了。」

這是鏡子第一次發瘋，但是沒有一個人相信鏡子是會瘋的，所以這鏡子還是好好地在精緻的浴室裡。

可是我們的大小姐到第二次、第三次洗澡的時候，還是看見鏡子裡站著的或坐著的都是裸體的男子。她每次都是哭著從浴間裡出來。

這時全家的人——上自老爺少爺，下至男僕女佣，都知道了這件怪事，但是沒有人說鏡子發了瘋，大家都說莫不是大小姐有點瘋了。所以那面鏡子還是好好地在精緻的浴室裡。

可是有一天，一個女佣替他們一位八歲的少爺洗澡，洗完的時候，那位做娘的去看看，她突然看見鏡子裡照著的不是自己白嫩的兒子，而是一個紅皮禿毛的猴子，這使她大驚失色起來，她對那位女佣說：

「你看，你看，這鏡子裡是什麼？」

女佣看了看覺得沒有什麼，她說：

「是什麼呀！」

「我說，三少爺……」

女佣以為太太是在說她沒有將少爺揩乾，所以她說：

「後身沒有揩乾嗎？」

「不是，不是，我說鏡子裡像三少爺？」

「怎麼不像？」女佣笑了起來。

做娘的揉揉眼睛仔細看了一看，鏡裡的人的確是自己的兒子，並沒有猴子在裡面。她想：「那麼難道是我眼花了。」但是她心裡總是不安，對於這面鏡子開始懷疑起來。於是當老爺回家的時候，她就開始訴說了。

「我想這鏡子的確有點古怪。」

「什麼？」

「我說這浴間裡的鏡子。」

「你也看見男人在鏡子裡頭嗎？哈哈，那都是你們心理作用，心裡想著男人，眼睛看看自己的肉體，所以就現出男人來了。」

「不是，不是，我看見我們三少爺在鏡子裡面會是一隻猴子。」

「猴子？笑話！這怎麼會呢？你難道也發神經病啦？」

老爺說完了走到浴室，太太也跟了進去。太太於是說了：

「三哥兒就站在那裡，王媽站在那邊，我從這邊看過去……」

「那麼，你在那裡讓我看。」

太太果然站到三少爺站過的地方，老爺站在太太站過的地方，看了十分鐘，老爺哈哈大笑了：

「完全是你，是你，沒有一點改變，我知道你們都是神經病。」

這樣，什麼事情都過去了，鏡子還是好好地在精緻的浴室裡。

浴室雖是精緻，但是大小姐再不想在那裡洗澡，反正她是女少年會的會員，那面洗澡還有書童擦背的。

可是二小姐還在家裡洗澡。誰知一星期以後，她也光著腳從那間精緻的浴室裡跑出來叫媽，原來她也看見了一個裸體的美少年在鏡子裡對她笑。

這事情越來越奇怪了，但是還沒有疑心到鏡子會瘋。太太以為一定是有什麼妖怪到了這所房子，想搬家；王媽以為這鏡子一定照著過什麼鬼魔；但是老爺同少爺們都覺得那完全是女人的心理作用，二小姐之見鬼，完全是受大小姐的影響。

所以不但沒有搬家，而且這面鏡子還是好好地在浴室裡。

這是兩天以後，老爺去洗澡去，當他揩乾肉彈似的大肚子，站在鏡前吐一口氣的時候。他忽然想到大小姐同二小姐看見男子的情形，他想：假如我看見一個美麗的少女呢？

想著想著，不覺抬頭一看，原來鏡中站著的正是一個裸體的少女。他嚇了一跳，但隨即非常高興，對她笑了一笑，她居然也笑了一笑，於是對她行了一個禮，她居然也對他行一個禮。接著他便同她談起話來了。

「輕一點吧，當心門外的人聽呀！」鏡裡的少女居然也會說話的。

老爺高興非凡，過去同她接一個吻，她也毫不拒絕，於是老爺輕輕地說：

「假如有意的，請出來吧！」

「假如有意的，請進來吧！」她也居然那麼說。

大家以為老爺今天洗澡的時間有點過分了，尤其太太怕老爺出了什麼岔子，趕快去敲門詢問：

「怎麼啦，老爺？」

「我麼？我在，啊，我在察看鏡子到底有什麼毛病沒有？」

「我以為你怎麼啦！」
「太太，我覺得這面鏡子很好，一點沒有什麼毛病。」
這以後於是太太又不懷疑鏡子了。
但是老爺洗澡的日子可多了，本來在冬天他是一星期洗一次的，現在還是冬天，他可要天天洗澡；而且時間也延長了，本來半點鐘可以了事的，現在需要一個半鐘頭；這不但引起了太太的懷疑，所有小姐少爺們都懷疑起來了。但是老爺每天洗澡出來，總要說什麼「鏡子並沒有毛病呀！」「全是你們的心理作用呀！」一番話。
日子一長，太太第一起了變化，她在浴室鏡子裡竟也照不出自己，只照出一個美少年來，她驚嚇之下，一句話都不說，匆匆出來；第二天她主張搬家。但是第一反對是老爺，少爺們也都反對，結果家沒有搬，可是太太也再不在浴室裡洗澡了。
於是日子如常地過著。但老爺的脾氣越來越古怪，有時候居然一天要洗兩次澡了。
反正浴室空著，大家也隨他去；只是大少爺起了好奇心，他在洗澡的時候，仔仔細細地觀察鏡子，難道那裡面真有什麼魔術，使得姐姐照出一個美少年來？看來看去沒有什麼毛病，但他忽然想到他父親的情形，那麼難道他照出一個美女來了嗎？這樣一想，自己鏡中的影子竟化成美女，他於是也就同她交際起來，日子一多，他也竟迷於這個影子，而且時常同他父親爭浴室了。
這情形使二少爺也起了好奇心，無疑地，他在鏡中也照出一個美女。有少年不迷戀於美女的嗎？所以二少爺也愛這間浴室了。
從此，這三位，大家都稱讚這間精緻的浴室與那講究的鏡子，大家都知道誰都在浴室中有了奇遇，但是大家都不能公開說出來。那麼到底這三位在鏡中所迷戀的美女是一個對象，還是三個對象，這是誰也不知道。不過以鏡子而論，三個人去照自然是三個影子，但是以美女而論，也許三個就是一個也說不定。而事實上鏡子只有一架，浴室只有一間，三個人自然要起了醋意，當別人關在浴室裡面時候，正如自己藏嬌的金屋被別人占去一樣的。

這些情形，佣人們看了也會奇怪，更何況是曾經見到美少年的太太與小姐。所以太太又主張搬了，兩位小姐都表示贊成，但是三個男子都反對。

家沒有搬成，但是有一天當三個男的洗完澡出來以後，三個女的竟拿了五六只高跟鞋，闖進浴室，把那鏡子打得一個粉碎。

「你們難道都瘋了！」男子們嚷起來。等他們趕去阻止，可惜鏡子早已粉碎了。

「你們才是都瘋了呢！」女的報復著說。

其實男子與女子都沒有瘋，瘋的倒是那面講究的鏡子。可是自從這面鏡子碎了，三個男子都有點瘋瘋癲癲起來。

不過可告慰藉的是，她們男男女女都還活著，死的只是一面鏡子，不過沒有人說這面鏡子是因瘋而死的。

這自然是不可靠的故事，但是世上竟有借白借美的鏡子，為什麼不能有把男子照成女子，女子照成男子的鏡子呢？誰能夠相信，要是世上沒有女子，而男子們還去照鏡子，或者要是世上沒有男子，而女子們還去照鏡子呢？

不過，那面鏡子瘋了，讓它去吧。我希望我們的鏡子不要發瘋才好。

一九三九、十二、二。

「專一」與「永久」

有一個富有的女子愛上了一個漂亮的青年。

凡是漂亮的青年都是浪漫的，所以她的愛人自然也是非常浪漫。

「永遠愛你」，這個漂亮的青年愛說這句話。

但是這個女子不滿足這句話，因為這句話他同許多女子都說過。她要他同她這樣說「專愛著你」。

他同時還有「永遠愛著」的愛人，但是為她的富有，他終於同她結了婚。

在她以為結了婚就是「專愛著你」這句話是事實，但是他並不。她用種種方法與金錢，把他其餘的愛人疏散開來。

結婚後生活同這個階級的人一樣，平平淡淡。

她把他安頓在自己的銀行裡。她總是叫車夫到時候去接她丈夫。

銀行有個女職員，這女職員說一口好國語，駕了一輛摩托自行車，早來晚歸。

他發現這個女職員才是山林裡的鳥，而自己是一隻廚下的家貓，他羨慕她非凡。

可是這個女職員覺得自己是一隻無歸宿的雁，而那漂亮的青年是一隻有香巢的公雞，她對他也是羨慕非凡。

有一天，是同事中有什麼喜事吧，他同那個女職員都在道喜，回來的時候他的汽車不在，於是他就伴她坐那輛摩托自行車。

從此他就「永遠愛著」這個女職員。

於是這個富有的女子就設法把那女職員辭歇。

辭歇了沒有用，他坐汽車到銀行，汽車走遠了，他就常常坐電車到女職員地方。晚上又回到行裡等汽車。

日子一多，這個富有的女郎又發覺了。她就不叫他做事，天天關他在家裡做丈夫。

每個人都有自卑的時候，自卑常發生看見別人忙碌地工作而自己悠閒得不知做什麼的當兒，這漂亮的青年每天嘆氣，嘆了一年氣，他想同一個女佣私逃了。

女佣告訴他山野裡的竹，河裡的魚。怎麼樣採筍，種菜，釣魚，養雞……這些引起了這位漂亮青年厭倦了富家。都市裡活的是社會的人，既然離開了社會，所以要回到自然，做個自然的人。

他想同這個女佣走，他要永遠愛這個粗野的女子。

但是這富有的女子辭歇了這女佣。

他現在是籠裡的畫眉了，他每天暗暗地流淚。

這富有的女郎看他太不開心，於是帶他去跳舞，看戲，但是他對於戲子舞女又發生興趣了。這富有的女郎於是伴他去看電影，可是日子一多弄得這個漂亮的男子變成了影迷，他買了許多電影雜誌與明星照相，偷偷地寫信給女明星。

這樣，這位富有的女郎有點悲哀了。這時有一對鄰居的夫婦愛賭，天天在房內打牌，雖然每天為輸錢懊喪，可是坐在牌桌上總是生趣盎然。於是這位富有的女郎也照樣布置起來，每天請親友到她家裡來賭。約女客，恐怕這位漂亮的男子動情，所以約的都是男客。日子一多，這漂亮男子的心終算有點服了。

但是日子再多下去，賭友中間就有人拉他出去，到旅館裡去賭了，於是又有女性使這漂亮的男子鍾情了。

有人告訴了這富有的女郎，這女郎趕快禁止他到旅館去賭，她帶他到賭場去。

這樣一直賭了半年，我們的男角又厭倦了。因為贏來輸掉終是回家，錢多多少少全是太太的，一切不與自己相關，生活與賭沒有聯繫，這樣的賭博有什麼意思呢？於是他在賭的時候心望著同桌的女子，有一次他大贏，趁了太太沒有看見，他把籌碼送一把給旁邊的一個少女。從此他們間又起了眉來眼去的波紋，於是他時時給她錢。可是次數一多，這富有的女郎又發覺了。她又把他關在家裡。有人告訴她叫年輕人不出門有個辦法，就是教他吸鴉片，她就照這個方法做了。

於是他吸起鴉片來。從此他就安安分分地躲在家裡，過去的賭友又招了來，而他是不被拉出去了。

可是，鴉片吸足了精神倍好，他雖已沒有永久的愛情，但他有奇怪的欲念。這欲念使那位富家的女郎不安了。於是聽別人的妙計，又叫他打嗎啡針起來，後來連白面紅丸也用了。

沒有多少日子，這個漂亮的青年留下一個不漂亮的印象死了。這個富有的女子很傷心，哭的時候還嚷著「專愛著他」。

但是她不久又嫁一個漂亮的青年，她對他也說「專愛著他」。因為她並沒有對先前的丈夫說「永久愛他」過。

不要相信這是實事，這只是一個童話。但因此我不相信女人的愛情，她們愛說「專愛著你」；我也不相信男人的愛情，因為他們愛說「永遠愛著你」。

光榮與死

有那麼一個人，娶一位能幹並且賢惠的太太。靠他太太的交際手腕，他做了不少年的小官，又靠他太太的理財本領，著實多了一點錢。

於是他就安居在家裡，每天看報、吃飯、喝酒、打牌、睡覺，日子舒服地過著，可是有一天在報紙副刊上讀到一點關於托爾斯泰的文章，忽然異想天開想做文學家了。

但是投了幾次稿，別人都不要，這使他一天一天苦悶起來，人也瘦了。他太太見他這樣，於是有一天，開始問他：

「為什麼近來忽然每天不開心了？」

「我們不是還缺少一點什麼？」

「我們還少什麼？錢，夠了；孩子，有了；難道你……」

「我感到寂寞了！」

「寂寞，那麼打打牌就是了。」

「但是我要一點名。」

「名？你不是有了麼？你的上司，你的下屬，哪個不知道你？」

「但是現在，我想他們早就忘記了我！而且……」

「你是說要別人都記著你，不忘記你嗎？」

「是呀？比方像托爾斯泰這樣。」

「這個有什麼難，你安安心心寫一點文章就是了。」

「但是我投了幾次稿，別人都不要。」

「那麼自己來印好了，反正也花不了多少錢。」

於是他就寫了一點文章，印出來了，像傳單似的送人，可是幾個月以後，名還是沒有。他又發愁了。

後來也不知道是什麼機會，他太太打聽了做文學家的方法，於是辦了一個刊物。靠她的交際手腕，拉了不少名作家的稿子，於是他文章就同名作家放在一起，日子一多，雖然文章不好，但是名氣可有了一點。

於是他再不發愁了，非常得意，儼然是文學家了。

文學家的派頭，原是隨時代不同的，那時候大概是風行一點浪漫吧。他既然是文學家，也好像一定要有幾分浪漫才對。喝酒，他是會的；打牌，他是行的；但是他沒有談過戀愛。偏偏文學家，據他所聽到並且知道的，都有點女性的糾纏。

但是這怎麼可能呢？他太太雖是賢惠，但是對於這事情是反對的。於是他只好偷偷摸摸嫖了起來。

嫖於他文章有什麼好處，別人不知道，但是於他身體終是有害。大概他對於這一行也太外行了一點，沒有多少時候，他的眼睛有了病，而且不久，就瞎了。

但是他還想做文學家，他雇了書記來記錄他想好的文章，他現在既不能打牌，也不能交際，想文章是他唯一的安慰，他太太自然贊成他這樣幹。

不過刊物是賠錢的，他太太不願意出了；他的文章只好寄到別處去，但討厭的是十篇有八九篇退回來。一碰到退回，他就悶悶不樂了，吃飯，睡覺都缺乏了生趣。於是後來他太太只好騙他，明明被退回來，故意說已經發表，而且稿費也收到了。於是他非常高興，滿腹文章每天從他書記筆下記錄下來。

但是他太太對他的文章也灰心了，索性納在櫃子裡不寄去。而且她是會理財的，公債套套利，放放印子錢，也賺了不少錢；他一提起的時候，就騙他已經發表了，而且稿費也接到，是幾元幾角。

這樣大家滿意地過了一年。有一天他忽然想把他文章收起來出一個集子。於是他太太把所有書記記錄下來的他的文章，都拿出來，送到書店裡去問，問了一家又一家，連申明不要版稅，都不願意出版。這使他太太灰心了，但是並不願掃她丈夫的興，她到銀行裡拿了三百塊錢來，回家給她丈夫，說是他稿子立刻被人家接受了，預支版稅是三百元錢。

他聽了高興非凡，忽然想好好請一回客；但是自從眼睛瞎後，朋友來看他的不過幾個他太太的親友，而這些都是他太太買通好，幫同來騙他的，見面總是說讀了他的文章，非常佩服一類的話。現在他忽然想請一大批早已疏遠的朋友，以及從來不認識的作家們，這真使他太太為難了。後來她同她一個兄弟商量，決定預先請一次客，把這件事大家說一說，並且請大家幫幫忙，見面時大家撒一陣謊。

事情順利地進行，大家起初不答應，但是後來她以她丈夫的生命向大家懇求，大家終算允許了。

但是到正式宴會的日子，菜雖然很好，來的人反而少了。我們的瞎眼大文豪坐在上位，請大家批評他的文章，並且報告他的集子就要出來了，出來時請大家指教介紹，最後還報告他的長篇小說計畫。接著大家鼓掌，說了幾句恭維話，大嚼一場就散了。

從此他天天詢問他的書出版的日子，兩個月以後，他太太沒有辦法，只好買了一些別的書給他，告訴他的書已經出版了。

於是他又詢問外面批評的文章，他太太只好再編許多謊。

這時候，忽然有一個第四流的文壇小卒，從被請吃飯的人裡聽到這個故事，跑到他的家裡來找他太太。

她一見名片知道是一位記者又是作家聚盟會的會員，自然趕快接見。他開始說了許多客氣話，最後轉到：

「您丈夫的事，外面傳得非常厲害，作家聚盟會裡許多人都不高興，要來當面對他戳穿，我想這事情不好，所以特地來告訴您。實在不瞞您說：我們雖是初會，但是我久仰您的偉大並且同情您這樣偉大的苦心，所以特地來告訴您。」

「這有什麼補救辦法呢？」

「辦法自然有。而且不瞞您說，提出這個問題的，只是幾個您上次請吃飯沒有請到的人，所以假如你肯花一點錢，那麼每人送他們一點東西就得了。」

「那麼送他們什麼東西呢？」

「送他們需要的東西，自然是各人不同的，這個我倒可以去打聽。如果打聽不出他們的需要，送現錢也沒有什麼。」

「那麼要你費心了。」

「或者如果您嫌麻煩的話，把錢都給我，我替您辦就是了。」

「多少都可以，不過，如果多一點，以後也許真出書的時候，可以請大家捧捧場。」

於是她給他二百塊錢。最後他說要見見她丈夫，她於是領他上去。

她丈夫聽說是作家聚盟會的會員來拜訪他，他很高興，接著就聽到許多新的消息：說他的書已經被譯成俄文英文，法文本也快要出來，德文本在德國已經銷完了二版，談了兩個鐘點，非常投機，從此這位不速之客，就做了他們的知友。他三天兩頭來報告消息，告訴他們羅曼羅蘭稱讚那本法譯本，高爾基寫了三千字頌揚的書評，蕭伯納稱讚他為諷刺文學的魁首，泰戈爾也佩服得五體投地……最後有一天他說：「你是名利雙收了，但是我們這種第四流的人餓肚子呀，我想問你借一筆錢……」雖然借出一些錢，但是日子光榮地過去。一年以後，我們文豪的長篇小說脫稿了，但是同第一本書一樣，並沒有出版；可是他從他的知友口中聽到不少恭維的話，什麼初版一萬本不到兩星期就銷完了，報紙上都是他的名譽，接著又是法文版三版，德文版四版，美國為此書而瘋，張伯倫到德國慕尼黑談判時，一隻手是傘，另外一隻手就是他的書，史達林在第××次共產黨大會中把他的書談得比勞工法還起勁，於是又是安德烈紀德的論文中提到了，奧尼爾的戲劇中提及呀，以及英國水星雜誌的書評呀……最後又是：

「你是名利雙收了，但是我的文章沒有人要，生活實在艱難呀！我們老朋友，所以只好請你幫幫我忙……」

於是我們的文豪慷慨地叫他太太把錢借給他。

太太雖然啞子吃黃連，但是難道說她沒有收到她丈夫的大批版稅嗎？

日子光榮地過去，有一次我們的文豪病了。這位知友今天告訴他希特勒來電慰問，明天告訴他史達林來電候疾，後來告訴他羅斯福來信，以及無數的作家的請安，據說一切復電都是這位知友經手包辦的。等我們文豪病癒的那天，他的知友忽然說要到別處去了。

餞別以後，這位客人果然不來了。我們的文豪感到無邊無涯的寂寞。他需要他的知友，沒有他什麼都失掉了生趣；但知友走時說是為生活，那面薪水是一百五十元，於是立刻打電報給他，請他來做文豪私人秘書，薪水是兩百元。這才把生活恢復了常態，日子又在光榮中過著。

這位秘書於是又為我們文豪應酬起來，天天招了許多朋友來他家宴會，大家一致對他誇揚。茶後是煙，煙後是酒，酒後是飯，飯後是麻將廿四圈。

文豪非常高興，因為這是大文豪家的氣象。

但是他太太經濟上可有點為難了。但是問題怎麼解決呢？勸他是不會被接受，因為照這群知友所宣傳的，讓朋友吃點用點不過是他版稅收入九牛一毛，而文學家都應當看輕錢的，他決不肯依從她，於是決定對他說穿了。

起初，他不信，後來有點信了，但隨即病倒，百藥無效，奄奄一息，最後還是由太太請那位知友設法，於是那位知友說完全是那位太太不好，為貪小，所以撒謊來騙她偉大的丈夫，接著這位太太也承認自己撒謊。這樣，這位文豪的病才好了起來，不知道吃了多少補藥以後，健康方才復原，於是日子又在光榮中過著。從此我們的文豪再也不相信他太太的話了。

這樣又是一年，這位可憐的太太掌中一點錢，已經快被那群知友們支光。

她在無可奈何之中，覺得非說穿不行了。但是說穿了他一定不信，如果信了，他一定死，萬一不死，那麼苟延殘喘活著，其可憐比死還慘。最後她覺得與其敲碎了他的光榮，叫他緩緩地死，還不如保留他光榮，叫他立刻一命嗚呼。

於是她安排好了大量安眠藥，不到半夜，他就壽終正寢，死的時候，還說遺稿要出版，說他太太可以靠這份版稅享福一輩子。

那群知友們自然接著就散盡了，他太太把他葬好，在墓碑上寫了這樣的話：

過去我製造光榮使你生，現在我只能製造死使你光榮。

雖然明知道這故事是假的，但到這裡，你也許要為這位可憐的太太擔憂了。其實她還有點積蓄，靠她理財的本領，在這個世界上還能快活地生存。只是這位文豪是無聲無息地死了。從此也沒有人提起他。

豬肉的價值

一

有那麼一家極普通的人家，因為稍微有點錢，所以要養一隻狗守門。

選守門狗的條件是大家都知道的，第一要會叫，而且聲音要響亮，這樣可以使別人害怕；第二要賣相可怕而不咬人，因為咬傷了人到底是麻煩；第三要擇人而叫，凡見生人則叫，見熟人則搖尾；見衣衫襤褸的人則叫，見衣冠楚楚者則搖尾。

這樣的條件並不難找，但是要找其程度上適中，就有點不容易，不是聲音太啞，就是賣相不怕；不是把衣冠普通者劃入於襤褸之流，就是把半生不熟者歸納於生人之列，弄得不免時常叫錯。

但是他們終於找到了一隻比較合於條件的。牠有一口響亮的聲音，叫起來常常「汪汪汪……」所以大家叫牠阿汪，並且還有一身雄赳赳的姿態，對於生人熟人，衣冠等級都分得清清楚楚，對於人也沒有什麼危害。這似乎是十全了，但是牠偏偏有一個毛病，就是牠忘忽了主人，常以為自己是主人了，所以叫起來就以自己為標準，用點新名詞來說，那就是十足的個人主義與英雄主義的。比方對於人的生熟，牠常把籬外對牠逗引過的，給牠骨頭吃的人當作熟人，而將主人的熟友反視若路人。這很使主人不高興，因為假使有人要害主人，同這隻狗有一點廝混，就可以踰牆鑿壁，暢所欲為，而狗會毫不作聲的。

主人考慮之下，終於把這隻可愛的狗驅逐了。這自然使這隻狗不高興，牠越戀棧這所洋房與花園，也越懷恨牠的主人。於是牠不斷地在籬外對著主人叫，但是牠的主人並不理牠，於是牠等在門口，預備主人出來時候咬他一口，但是這位主人偏偏有汽車，主人一上汽車，牠只好追在後面，吸著放出來的軋士林氣，狂吠一陣；雖然牠有四條強健的腿，但是哪裡追得著汽車，結果叫一陣追一陣也就算了。

日子一多，這隻可愛的狗慢慢地忘了這份仇恨，而且街上正多注意牠響亮吠聲的人，牠為什麼要對不理牠的人叫呢？

於是牠就也不理會牠的主人了。

但是不久，牠有一天走過主人的籬笆，看見一隻豬在籬笆裡面打鼾，這引起了牠的好奇，於是用響亮的聲音來問：

「喂！你算是幹什麼的？」

豬擺著笨重的身軀從夢中醒來，說：

「啊，你是同我說話嗎？」

「是的，我問你是在這裡幹嘛的？」

「我麼？你管得著嗎？」

「汪……汪……汪！」我們英雄的狗沒有回答，只用牠有威儀的聲音小施技能地叫三聲。

這使這隻豬有點怕了，牠知道這隻狗不是別人，乃是以前主人的寵狗，於是搖搖牠的大耳朵，說：

「啊，阿汪先生，我道是誰呢，怎麼，您好呀！」

「我問你：你是來幹什麼的？」

「啊！我啊！我是來守門的。」

「你守門？」狗不覺笑了，重複著說：「你守門！哈哈……哈！」

「是的，你知道主人揀不到一隻好的狗……」

「難道還是你豬好嗎？」狗提高響亮的嗓子問。

「不……不，」豬顫抖著說：「狗不容易養，馴的不太凶，凶的太不馴，而且大都太狡猾。」

「那麼你是又凶又馴了！」

「客氣客氣，馴倒是我的本性，但是不夠凶，要阿汪先生常常指教呀！」

狗看豬這樣謙虛，覺得自己確有點偉大，非常得意地搖搖尾巴同牠說：

「好好，一定幫你忙。」但隨即點點頭走開去了。

「您走啦！啊……」豬一面鞠躬一面說：「再見，再見，有工夫來白相啊！」

「啊」字沒有說定，豬已經躺在草地上睡覺了。

二

豬是最善於吃與睡的動物，難道這位故事裡的主人真是找牠在守門嗎？的確的，牠並沒有吹牛。事情是這樣的：

這隻狗放逐了以後，這家人家開過一個家庭會議：

「我以為根本不必養狗，這裡又不是鄉下。」祖母反對養狗。

「我也以為不必養，養了狗只是吃牛肉，什麼也不會幹。」當家的母親附和祖母的意見。

「……。」

「媽！」大小姐開始說了：「狗是省不來的，養著狗您不知道有狗的好處，沒有了你就會發現沒有狗的壞處：後門口叫化子也多了，小偷兒也來了……。」

「哼！」冷笑聲打斷了大小姐的話，那是十五歲的三少爺，他眼睛並不看他的姐姐，理直氣壯地接著說：「牠從來也不去後門口，只是跟著姐姐到大馬路、霞飛路去蕩馬路。」

「那都是大姐姐、二姐姐要出風頭而帶牠出去的。」十四歲的三小姐說。

「小鬼頭，你不要亂說……」大姐姐發怒了。

「狗自然要到外面去遛達遛達的，家裡沒有別人帶，我們只好去帶了，誰要帶這狗，你們不要我帶，我們不帶就是了；我們倒省了不少事呢！」十九歲的二姐姐賭著氣說。

「你們把狗帶出去，倒說是為家裡。但是你同大姐姐為搶著帶狗還吵嘴呢？」十四歲的三小姐翹翹嘴唇說。

「你們不要吵嘴了。」說這話的是大少爺：「養狗倒不是為小偷與叫化子們，這裡的巡捕與聽差難道比狗還差嗎？問題是在我們這樣人家，是不是省得掉一隻狗的點綴。」

「大哥這話不錯，客廳裡要古董，牆上要字畫，偌大的花園怎麼可以沒有狗？」二少爺說了。

「那麼我們還是養兩隻巴兒狗。」

「哈哈，媽。」又是大少爺的聲音：「巴兒狗只好在屋子裡走走，沙發上躺躺，花園裡怎麼配呢？」

於是做媽的沉默了，倒是祖母有好主意，她說。

「我想還是養點雞，鴨，鵝之類，養大了還可以吃。」

父親一直沒有說話，這時才站起來說：

「好，這倒不錯，花園也可以利用一下，生產一點。」

「爸，這是弄不好的，養了一群家禽，滿地是雞屎鴨糞，天熱了乘涼都不便；還有這些東西都難養，這裡小孩子又多，她玩玩，他踢踢，沒有多久日子就死光了。我想還是養一隻山羊，也會叫，也馴服。」這是大少爺的意見。

「山羊不好！」父親是不吃羊肉羊奶的，所以不贊成。

「我想還是養一隻牛吧，索性大一點。」二少爺說。

「那太大了，籬笆都要被牠撞倒的。」

「那麼馬呢？」

「你真是小孩，這地方怎麼能養馬？」

「你們怎麼不說養豬？」大小姐諷刺似的說。

「真的，養一隻豬倒不差。」三少爺說。

「見了生人也會叫。」三小姐說。

「叫得不鬧。」祖母也加了一句。

「也特別馴服。」母親也附和著。

「大小也像狼狗。」二少爺說。

「比狼狗肥。」大少爺也笑笑說。

「將來還可以吃。」母親又想到了省錢。

「不過可惜髒一點。」父親發表了意見。

「這倒可以弄得乾淨。」

「動物都是髒的，總靠人替牠收拾。」

「從前阿汪多髒，後來到了這裡乾淨的花園，就很漂亮了。」

「阿三這樣愛吃肉，以後看看也舒服的。」這是大小姐向三小姐報仇。

「我想只要弄得乾淨，大姐姐、二姐姐也可以帶著到大馬路、霞飛路去出風頭。」三小姐對大小姐報復。於是三少爺接著說：

「這一定會出風頭，以後什麼明星們一定都來學，從此大家一定不再吃豬肉。只風行用一根皮帶牽一隻豬蕩馬路了。」

「於是大馬路，愛多亞路，北平前門大街，巴黎凱旋門大街，倫敦唐寧街……的摩登人士都牽著豬……。」

「你們不要再笑了。養一隻豬，決定養一隻豬，好的。」這是祖母的意思：「這裡只有你們父親屬豬，同你們幾個孩子又有沖的，所以常常生病。養一隻豬，以後什麼病痛就會沖到豬的身上去了。」

祖母的理由是高高在上的，誰反對就是不愛父親。父親也有點迷信，並且是一個愛吃豬肉的人，表示贊成。所以這樣就決定了。

於是花園裡養了這隻白豬。

雖是一隻白豬，但牠的名字比阿汪漂亮；這因為阿汪這個名字是祖母叫的，而白豬這個名字是大小姐取的。大小姐很愛茶花，豬運來的時候，她正在採一朵茶花，本來想叫牠茶花女，但這牠豬是雄豬，於是就叫牠雄茶花，但雄字的確有點不雅，於是叫別了，大家就叫做紅茶花。

這個名詞沒有人反對，因為這一家的人員，以年齡來分，不是年老，就是年輕，年老的愛「茶」，年輕的愛「花」；以思想來分，不是「左」傾，就是「右」傾，「左」傾的人贊成「紅」字，「右」傾的人贊成「茶」字，據說「紅」字是很革命的，而「茶」字則是很有閒的。

養紅茶花是比較省錢的，因為用不著牛肉。而且誰給牠一塊西瓜皮牠就會過來，所以人緣很好。不像阿汪，專愛跟大小姐二小姐走，因為她倆有錢，時常買牛肉給牠吃。

不過，紅茶花既然是代替守門的位置，有時候自然要牠叫幾聲，牠懶得叫時候，大家都高興去踢牠一腳，或者罵牠茶豬，這在紅茶花是引以為苦的。於是牠努力學叫。

但是對誰叫呢？

第一次對大少爺叫，大少爺給了牠一腳。

第二次對二少爺叫，二少爺打了牠一頓。

於是第三次，牠見了三少爺在讀書，牠又對他叫了。

「你叫什麼！」三少爺在讀書，所以只罵牠一句。

「文言文嗎？這還可以讀嗎？」

三少爺笑了，但自管自讀書，沒有理牠。牠於是就以為找到了罵的對象。

第四次看見三小姐在作文，於是牠想顯本事時候又到了，牠大聲地叫。

「叫什麼！」三小姐正在作文，不便打牠，也只罵一句。

「白話文嗎？什麼用？實際工作呀！」牠哼出了又大聲地叫著。

「你這樣叫叫就是實際工作嗎？」三小姐冷笑一聲把黑墨水灑了牠一頭。

牠雖是不叫了，但是很得意，因為牠頭上也有一點墨。

第五次，老爺在算賬，牠又叫了。

「你會叫麼，朝外面對生人去叫，笨東西！」老爺踢牠一腳說。

牠這才知道叫的原則。

到第二天看見一個洋裝青年在籬外走過，牠叫了，但是這位青年手裡有一根黑漆的手杖，伸到籬內就打了牠一下。

牠一看以為是一條蛇，嚇了一跳，嚷：「啊喲！蛇蠍呀！蛇蠍呀！」

大小姐看牠這樣低能，伸出腳踢了牠一下，高跟鞋正敲在頭上。

因為這個「叫功」的失敗，所以牠見了阿汪要謙虛地來請教了。

三

第二天阿汪果然又來了，紅茶花又過去請教，隔著籬柵說：「對不住，阿汪先生，請你告訴我，到底應當對什麼東西叫，才算是守門的職責呢？」

「對什麼都可以叫呀！」

「但是我叫叫總是被人打呀踢呀的。」紅茶花想了一會，又說：「那麼對這些招貼叫好不好？」牠說著用嘴指指正在牠身邊的招貼。

「這不行，這是廣告呀。」

「廣告是什麼？」

「這是說老爺的行醫呀！他靠這個賺錢，靠這個養家，也是靠這個養你呀！」

「那麼這張呢？」紅茶花又指旁邊一張。

「這也不能對它叫的。這是說救世主，救世呀！他們常常給老爺錢的。」

「那麼你叫我對什麼叫呢？」

「你要對遠一點東西叫，與老爺沒有關係的東西，譬如對面書店裡掛著的書。」

牠這又懂了叫的原則，謝了阿汪，記在心裡。

於是第二天遠望書店，看見書店裡正掛著一本蕭伯納的書，書面上是蕭老頭子的肖像。於是牠想叫的時候到了。因為這又是代表人的，而又是不會動的肖像。牠踉蹌著叫道：

「蕭伯納呀！你賣不出的書呀！」

但是蕭是幽默的，他動了動鬍子說：

「是呀！這年頭書都沒有人買了，馬克思呀，列寧呀，孔丘呀，莎士比亞呀，李白呀，雪萊呀……都同我在一起。我們一卡車一卡車運到這裡放著，沒有人買。年頭不好呀！只是豬肉漲價呀！」

「豬肉漲價了，但是還有人買呀！」馬克思的肖像在旁邊說。

「亂世豬值錢，詩文如狗屁。」李白的肖像又應聲說。

紅茶花雖不很懂，但是豬肉值錢有人賣，牠是聽懂了。牠非常得意，而且快活極了。

第二天阿汪走過時，豬就把這經過的故事得意地都告訴牠。

豬肉貴了，是的，阿汪也知道，因為牠近來很少吃到了。但是牠說：

「但這有什麼可以得意呢？」

「怎麼不？這不就是我的價值高了嗎？」

「但豬肉貴了，外面大家爭買著都買不到，說不定老爺要把你殺了。」

「殺了？」

「也許他把你賣掉，他可以賺一筆小錢。」

「別人要嗎？」

「自然要的，把你殺掉掛在鈎上出賣，比蕭伯納、馬克思的書要值錢得多呢！」

「那麼，那麼……」紅茶花有點怕了。

「但是，不要緊，如果你守門盡職，叫得好，也許不見得殺你賣你的。」

「但是對於『叫』道我實在是外行呀！既不知道對象，也不知道適當的時間。」

「晚上呀！」

「但是晚上我是一定要睡的。」

「我想我替你叫好了。」

「但是你太個人主義，只顧自己的愛好。」

「不過替你叫就不會了。」

「那麼好極了，謝謝您。」

「但是有一個條件。」

「都可以答應。」

「有一個條件……」

「你說好了，我一定可以答應。」

「讓我每天在你身上咬一塊肉吃。」

「阿汪先生，你開玩笑了，像你這樣，外頭難道還吃不飽？」

「吃自然吃得飽，但是吃不到肉。」

「你不是說肉有人賣嗎？」

「是呀！但是肉貴了，人們都自己吃，不給狗吃了。」

「那麼這樣，我把主人給我吃的東西分一點給你，好不好？」

「啊，那些西瓜皮、豆腐渣嗎？我不要吃，不要吃。」

「但是我身上只有這點肉，幾天以後不就給你吃光了？」

「不要緊的，我每天只咬你一小塊，第二天你就會長上的，你每天多吃你主人一點糧食就補足了。」

紅茶花起初不肯，後來覺得不這樣有被賣掉的危險，終於完全答應了，於是當時就忍痛地讓阿汪在牠屁股邊咬一口。

阿汪嚼嚼味道，舔舔舌頭，高興地去了。紅茶花躺在地上打盹，到天亮方才醒來，一醒來就聽見老爺稱讚牠：

「紅茶花現在學乖了，晚上居然也會像煞有介事叫幾聲。」

牠這才知道是阿汪昨夜替牠來叫過。身上一塊肉果然發生效力，牠很得意，推想主人不會賣牠了。

從此紅茶花每天讓阿汪咬一口。日子就平平安安地過去了。

主人很歡喜牠，因為牠既有豬的馴性，又有了狗的叫道，這是最適宜於為公館守門的。至於牠身上長生著一塊紅茶花般的血漬漬口子，雖然有點痛苦，但因為牠胃口很好，糧食不怕多吃，日夜可以安安逸逸睡覺，所以反而越來越胖了。阿汪呢，現在雖然忙一點，要多叫幾聲了，但每天吃一塊活肉，據說於食肉獸是有補的，所以聲音也越來越嘹亮了。

故事不過這樣，但是聽這個故事的人以為豬肉的價值不過等於狗的幾聲叫。這是不知道市價的推論。

而且不瞞你說，故事還是我瞎編的，所以並沒有發生的時日與地址。我不希望有人信以為真。因為當故事被人當作實事傳開去，一部分聰明人立刻要去考據，而且的確會被考據出時日與地址的。

一九三九、七、二八。黃昏。

阿大、阿二與阿三

我要講的又是一個古舊的故事。

這故事裡有三個人物。因為故事是古舊了，所以雖然是人物，大家也記不清他們的姓名，說故事的人，因此叫他們阿大、阿二與阿三。

雖然這已經分別他們的次序，但是我還說不出他們的年齡。我所知道的，是當這故事發生的時候，阿大已經有了孩子，阿二還只有太太，至於阿三則還沒有結婚。

這三個人都有錢。並不是我專愛講有錢的人，實在故事常常出在他們身上，因為窮人們都忙於生活，再沒有故事可以給人家笑了。

不過他們生下地的時候，也是同別人一樣，並沒有金剛鑽在他們手指上，也沒有黃金在他們的小拳中，腳趾縫中固然沒有嵌翡翠，嘴裡也沒有長象牙，而且舌頭底下也沒有壓著寶玉，平常人一樣赤身裸體來到世間。那麼他們怎麼會有錢呢？

原來這三個人本來都是盡忠於閻王爺的鬼魂，有幾次冥國裡的無產階級陰謀革命，這三個鬼魂在閻王地方告密，使閻王得及早撲滅。事後論功行賞，三人不分上下。於是閻王先問阿三：

「你要什麼呢？說，我一定給你。」

「我要立刻投胎。」阿三為怕別人報仇，所以要趕緊投胎。

「好。」閻王說了查查生死簿：「阿三，你運氣很好。剛剛有一家好人家要生孩子，你就趕快去吧！」

「那麼，王爺，你告訴我那家的情形怎麼樣好不好？」

「銀子好打牆，天天打麻將。」閻王說完了就叫小鬼來帶他，但是阿三不放心，還想問點什麼。

「快一點吧，回頭機會錯過了。」

阿三不敢再問，下來偷偷請教阿大與阿二：

「什麼叫銀子好打牆，天天打麻將？」

「恭喜恭喜！銀子好打牆——是有錢呀！」阿大說著大為羨慕。

「恭喜，恭喜！天天打麻將——是有閒呀！」阿二說著有點妒忌。

但是阿三笑笑，向他們瞇瞇眼睛去了。

於是閻王爺又問阿二：

「你要什麼呢？」

「我也要投胎。」

「好吧，讓你們在陽間也做朋友。」閻王爺便查生死簿，但是究竟沒有一家可以與阿三去的人家相比了。閻王就揀一家就快大富的地主家給他，說：「這家雖不如阿三的家，但是將來比他還會有錢。」

於是阿二下來了，迎頭碰見阿大，阿大問：

「你怎麼也想投胎，我們在這裡做官多好。」

「你不知道呀！」阿二說：「我們做告密的事過，在這裡要被人行刺的。」

「你這乏蟲！乏蟲！」阿大生氣了，但是阿二說：
「我看你也投胎了吧，我們在陽間再做好朋友。」說完這句話，阿二也走了。
於是阿大到了閻王面前。
「那麼，你要什麼呢？」
「那麼我也投胎了吧。」阿大心中是生氣，是驚慌，是感慨，是懷舊。
「好，好，我也替你找好人家。」閻王說雖然這樣說，但是怎麼也找不出像樣的人家，閻王一面感嘆陽間的貧乏，一面對阿大說：
「你再住兩個月吧，也許會有好的機會，現在真是一家都沒有。」
於是阿大沒有辦法，滿面愁容地等在陰間；但是不出阿三阿二所料，大眾非欲置阿大於死地不可。風聲日緊，阿大驚惶之餘，向閻王請求早賜投胎。
但是好一點的人家還是沒有！阿大心裡滿腔不高興，但又想早點投胎以免被殺，於是閻王隨便找了一家。阿大對於閻王不公平雖然憤恨，但是為逃脫驚慌，賭著氣去了。
閻王也覺得自己賞罰不明，心裡有點抱歉，於是對阿大說：
「你好好去吧，將來萬一太苦，我會給你津貼的。」
於是阿大也到了世間。
這些都是無稽的傳說，自然不能相信。不過人世上現在有了這三位人物，則是實情。而且，阿大長成了狂妄、憤怒、驚慌、忠耿的脾氣，阿二有一種苦口、甜心、可愛的性情，阿三則有一副頑皮的、油滑的笑容，也是實情。
起初，這三個人家境是不同的，教養也是不同的，但到了某個時期，三個人慢慢相接近了。因為有一個共同的經濟基礎——有錢與有閒。

日子在有閒中過去——

阿大領著津貼。

阿二收著地租。

阿三靠著利潤。

於是他們也越來越相像了，但並沒有像到人家分辨不出，因為：

阿大是有一股憤怒、狂戇的脾氣。

阿二是有一種苦口甜心、可愛的性情。

阿三是有一副頑皮的、油滑的笑容。

日子在有閒中過去。大家做什麼呢？於是有一天開了一個三頭會議，決定辦一張小報。

辦小報的條件他們是熟悉的。

第一是經濟：阿大有津貼，阿二有地租，阿三有利潤——議決不怕賠本。

第二文章：文章靠朋友。他們朋友很多，因為世間的人不交有戇的脾氣者，必交有可愛性情者；不交有可愛的性情者，必交有油滑的笑容者——他們則各具一長。

第三是定名：這一項費了很久的討論，廣約聞人辯論，還是沒有結果，最後幸虧阿大的太太，她買了一瓶雙妹花露水，使阿大想起一個好辦法，於是大家決議不用名稱，只用一個美人照相，以作商標。

第四是新聞。新聞是一個難題，普通的方法各報都用了；新奇的則實在難得。最後決定極力刊載「古怪」的「超凡」的新聞，用「指東說西」的筆調來寫，使其「有類天書」。但是哪有這許多

「超凡」與「古怪」的東西呢?於是推舉阿三用油滑的笑容去探聽,阿二用可愛的性情來設局,阿大用狂戇的脾氣來尋事。

譬如在阿二的花園裡,他就以可愛的性情來招待客人,客人進來,阿大就化作巴兒狗來咬,於是成了超凡的新聞。如果碰到不客氣的客人,要給他一腳呢?於是阿二拿出苦口甜心的態度說:「他不過要一根肉骨頭,你何必踢他?踢傷了滿園是血,怪骯髒的。」客人沒有話說,於是巴兒狗的叫聲就刊在第二天報上,算是熱烈的古怪的「有類天書」的論文。

這樣生意雖然沒有發達起來,但三位先生都成了聞人。

於是到處是油滑的笑容。

這不過是一個古舊的故事,我把他當作成人的童話來說,因為我愛高爾基!高爾基寫過「成人的童話」——我不過效顰之舉。

有人說,童話應當總帶點「寓意」,最好是用點動物式的人物。但是我是初寫童話,只會說實話,他們中阿大雖然像豬八戒,而愛裝巴兒狗,但是還是道地的人。

無刀之鄉的「蛙刀」

這又是童話，不是實事。

從前某國家，有一個小城，那裡的人民只有兩種職業，一種是屬於「養」的，一種是屬於「宰」的。

「養」的大概都是不會操刀的、無力操刀的婦孺老幼，依她們個人的傳統與習慣，愛馬的養馬，愛豬的養豬，愛牛的養牛，愛雞的養雞，愛王八的養王八……。

「宰」的大半都是善於操刀、有力操刀的壯年，依他們個人的傳統與習慣，恨馬的宰馬，恨豬的宰豬，恨牛的宰牛，恨羊的宰羊，恨雞的宰雞，恨烏龜的宰烏龜……。

這兩種人民在一個國家裡一直能夠互助合作。「養」的人們把畜生養大，養胖，由「宰」的人們揮刀殺去，於是運到外埠去交易，因此日子大家都還過得去。

這兩種工作，哪一種辛苦很難說，不過即使養一隻雞，從蛋孵起，也要費相當的時日，而從事宰的人則只要一揮白刃，兩分鐘就可以解決；所以，雖然養的人比宰的人要多，但是宰的人終比較有閒。

宰的階級既然比較有閒，於是關於公眾的事情，他也就有工夫來管閒事。閒事有人管本是好事，但是他自己並不幹，他只是命令養的人來幹，靠著他的屠刀，耀武揚威的好像要宰人，別人也以為他有宰畜之才，必有殺人之能，於是不免唯唯聽命，供其驅使起來了。

這樣過著，一代一代地傳下來，年代也不少了。

於是情形越變越壞：許多壯年的人，因為沒有屠刀也只好做養的工作，許多婦孺老弱，因為占著屠刀，仍舊是做宰的工作。自然婦孺老弱不見得有能力宰畜生，但是他們可以叫有力的人來宰，自己拿一把長刀監守在他的脖子後面。

「你要是不替我宰，你的腦袋就有點難保！」

也有幾個人不相信，腦袋果然沒有了。於是其餘的人只好替他們宰，宰好了把刀子還他們。

這樣過著，一代一代地傳下來，年代又是不少。

以後凡是有刀的，就是壯年有力的人，也再不操刀。而操刀的人也就是養畜生的人了。

於是這個城鎮分為兩種人，第一種是無刀的養畜生、宰畜生的人，第二種是有刀的、管人與殺人的人了。

這兩種人，自然第一種忙煞苦煞，第二種閒煞樂煞。

日子這樣過著，一代一代地傳下來。

忽然有一天，有鄰國來侵略了。大家需要去抵抗，自然屬於這個國家的城鎮也在內。論理這是「殺人」的工作，在這個城鎮裡，應當由「殺人」的一種人民去擔任；但這也是用刀的工作，在這個城鎮裡，應當由有刀子的人去擔任——但是殺人的一群偏叫宰畜的人們去。

自然有人表示不肯去。

但是表示不肯去的被他們殺掉了。

不過別人還是不肯去。

於是不肯去的又殺掉了一些。

結果大家還是不肯去。

但是聽說鄰國的敵人要打進來了。

這時候大家似乎都覺悟起來，自己的人應當團結一起，一致對外。於是規定：凡是有力的人都去抵抗，不管是有刀階級與無刀階級，將全國的刀都分給戰士做武器。

於是大家贊成，不分彼此，協力同心，揮著刀到前線去抗敵。

這一仗血流得不少，日子也過得不少；打到後來這個城鎮裡所有的刀都運到前線去殺敵，城內「管人階級」也就逐漸地瓦解了，這個城鎮不久就成為「無刀之鄉」。

於是全城人民的感情都非常好，養雞的人努力養雞，養大了雞送到前方給兵士們吃；養馬的人努力養馬，養壯了馬送到前線給兵士們騎……這個「無刀之鄉」反而蒸蒸日上了。

但是不久，前方傳來消息，說有軍機外泄的事情，一定有奸細在那裡面作祟。於是肅清奸細，自然是他們迫切的工作，而且是每個人民都應當嚴密地精細地負責地工作。在這「無刀之鄉」裡，也有幾個奸細被發現而驅除了。就在那個時候，忽然所謂「無刀之鄉」發現了一把屠刀，這是一把殺青蛙用的小刀。在平常的日子向來是不注意的。

這屠刀的主人本來是一隻懶蟲，他不願辛辛苦苦養畜生，又不是有刀階級。於是每當黃昏時候，到田野裡去捉青蛙，捉到了自己吃吃，後來大概拾到一把別人棄去的斷刀吧，他磨成了一把小刀來宰青蛙。戰事發生以後，他連青蛙也不捉了，每天偷點別人所養的雞鴨過日子。

這時候忽然異想天開，將宰蛙的小刀磨亮，躲在小路上等路人過來。

果然有人過來了，他一看是個造豬欄的工人，於是揮揮蛙刀跳出去，嚷：「好！你是奸細！」

「我？」造豬欄的驚奇了。

「是你！」他揮了揮手裡的蛙刀。

「我？那麼證據呢？」

「證據，你為什麼一個人在這裡蹓躂？」

「那麼你呢？你不也是一個人在這裡……」

「我是揮蛙刀的騎士，同許多前線的戰士一樣的，特來肅清奸細。」

「但是我不是奸細呀！我只做豬欄。」

「是的，你也許不是，不過別人說你是呀！」

「誰？」

「上面的命令呀！」

「但是你知道我不是的，你應當要為我雪冤才對。」

「那只要你做我的幫手，同我一道等在這裡，就證明你也是一個英雄。」

於是一道等著，等了一夜，據說殺了兩個奸細——一個是凍了半死的八十歲無家可歸的老婆婆，一個是餓了六日的無人可依的九歲孩子。

第二天他們大吹大擂向人家宣講，說是他們怎麼發現奸細，怎麼殺掉他們。

大家驚異非凡，覺得這兩位實在是英雄。

「英雄呀！」大家喊起來。於是他們演說，指東說西，古怪地演說得大家莫名其妙。

「揮蛙刀的騎士呀！」有人在他演說裡抽出了這個尊稱。

「揮蛙刀的騎士呀！」大家萬眾一聲地歡呼！

從此這個地方的小路上有了一把蛙刀，也有了一個揮蛙刀的騎士。因而人民反以為肅清奸細專是這位騎士的工作，大家都不負責任了。

起初，這位揮蛙刀的騎士，藉著這把唯一的刀子，耀武揚威，但仍舊偷偷摸摸地到鄉下敲一點竹槓。過後看看事情這樣容易，於是時時跋扈狂妄到百姓家裡去勒索。

「給我錢，否則我將你當作奸細。」

有人不肯，果然作為奸細死了，以後凡是不願做奸細的人，只好把錢給他。

「把你女兒給我，否則我將把你作為奸細殺死。」

又有人不肯，也被當作奸細死了，從此凡是怕做奸細的人，只得將女兒給他。

日子一多，有人異議了：

「這樣，無論多麼勇於掃除奸細，到底有點近於過分。」

「批評我揮蛙刀的騎士嗎？好，你就是奸細！」

於是那位異議的人也做成奸細死了！

這樣這位蛙刀的騎士更加得意了，勒索，強奸，強占……無所不為起來。

沒有人敢說一句話，因為沒有人願意被判作奸細。

年代過了不少。這位蛙刀的騎士早有不少的部下。於是「無刀之鄉」無形之中又有了兩種職業，一種是在抗戰之下沒有刀的在埋頭養馬、養豬、養……的人們，一種是靠領袖的蛙刀，向大家勒索的人們。

這個故事並沒有完。後來是抗戰勝利了，上峰派人來巡閱吧，發現了那位八十歲的老婆婆是前線戰死的戰士的娘，那位九歲的孩子是前線戰死的英雄的兒子。於是徹查了一下，被欺侮過的大眾又都來訴冤，於是這位揮蛙刀的騎士被定罪了。

有人說他自己才真是奸細，被敵人收買了在後方殺善人。

有人說他不過是個流氓，趁火打劫——發國難財之流。

還有人說他是因為拾了一把斷刀之故，使他在「無刀之鄉」裡得意忘形起來。

……

但是這些都是猜度，始終沒有查明這位揮蛙刀的騎士是怎麼回事，不過無論怎麼猜度，他所犯的罪是足以判作死刑的。

於是我們揮蛙刀的騎士死了！

這是一篇童話，自然不是實事，請讀者不要信以為真。

因為是成人的童話，成人不像兒童們愛聽故事，於是有人要看故事裡有沒有諷刺？有人要猜這童話到底是指著什麼？於是責問來了：

「是不是說女人與男人——兩個階級：養的與宰的？」大學生們問。

「詞藻外衣剝去，內容有點油滑，蛙刀是不是象徵生殖器？」歇斯底裡的老童男、老處女派問。

「兩個階級，階級理論——豈非與中山先生之說有所矛盾？」革命家問。

「兩種職業，是養是宰，是不是在影射民治國與全能國。」國際政治學者與「家」問。

……

但是這只是一篇童話。我只用兒童講故事的態度講著，雖然我是沒有兒童的想象。

一九三九、五、二八。

帽子的哀榮

從前一個愛帽子的小商人，專收買舊帽子，收拾好了賣出去。不過這個人命很苦，四十歲以前始終沒有得意過。原因是太愛帽子，見了舊帽子，就收買，但是不見得賣得出，賣出去的時候，他又有點捨不得，於是價要得高，結果生意非常清淡，但是他一有錢還是收買著，帽子雖然越堆越多，他可也越來越窮了。

這個小商人這樣很苦地活著。但是他心裡還幻想著燦爛的前途。

他想有一所洋房，一個美麗的太太，一個很大的製帽廠。他戴著本廠最好的帽子，坐著汽車，到廠裡去辦公。一進門，每個職工人員都向他行禮，或者叫他們向他歡呼，他略一低首，到裡面巡視一下，在公文上簽幾個字就出來，坐汽車到俱樂部去。一路上他看見馬路上的人都戴著他們廠裡的出品，向他致敬的人都脫他廠裡所出的帽子，如果那個人脫的不是他廠裡的出品，他就絕不回禮。

也全靠這份幻想，他在極可憐的情形下還能夠活得下去。

那麼別人怎麼知道他的幻想呢？

這因為也有一個嗜好，愛喝一點酒，稍微有點錢，就到酒店裡去喝一杯白乾。白乾下肚，於是他就談起他幾十年來的希望與抱負。

他也許是一個好人，但是一個抱負談了十多年還是一個可憐蟲，於是大家就當他是丑角叫他帽子先生。

「你的工廠呢，帽子先生，辦起來沒有？辦起來替我弄個位子呀。」有人同他開玩笑。

「我讓你做經理，經理知道不知道？這是很大的位子呢。」他半帶著酒意說。

於是大家哈哈大笑了。

「你們笑我不會得意嗎？你瞧著，瞧著。」

「你自然會得意的，但是你得意的時候，我們一定早死了。戴你帽子的一定是我們的子孫。」

「其實你們現在就可以戴我的帽子。我雖然窮，帽子可不窮。你看我的帽子，一天換一頂，多神氣，衣裳什麼不要緊，帽子是頭上的東西，最要緊，最要緊。」

……

帽子是頭上的東西，不錯，所以他永遠戴著帽子，當窮得飯都沒有吃的時候，衣裳鞋子都破了，他還戴一頂潔淨的帽子。見了熟人，舉帽為禮，這是他最得意的一個舉動，所以他最希望碰見熟人。不過熟人終是不多。

但是一上四十歲他就得意了。

那時剛剛一個新縣長上任，許多人都拿著白布的旗幡寫著「歡迎新縣長」一類的字句，在車站上歡迎。獨獨他在帽子的絲帶上寫了「歡迎新縣長」五個大字戴在頭上，站在那邊，一見縣長下車，他就舉帽為禮。

這就獲得了縣長的歡心。

有一天，縣長派人去叫他。

他嚇了一跳，但也只好跟了公差去衙門裡。

縣長高高在上，他站在一邊。只聽縣長高聲問姓名籍貫，於是接下去就問：

「你有什麼本事？」

「我沒有什麼本事。」

「你靠什麼生活呢？」

「做帽子生意。」

「啊！怪不得，那麼你一定會做帽子了。」

「不，我是販賣別人的。」

「好，那麼你替我送兩頂來，要頂好的。」縣長的意思是給他一點好生意，但是他抖抖顫顫地說：

「但是我賣的只有舊貨。」

「舊貨？」

「是的，老爺。」

「那麼你歡迎我的時候戴的那頂帽子呢？」

「那不過我自己寫幾個字上去。」

「這很聰明。我很歡喜。可惜你沒有別的本事，不然倒可以在我這裡做事。」

「但是我只想做帽子買賣。因為我不瞞你說，我現在有許多帽子，必須重價賣掉它。」

縣長想了一想，覺得無法給他恩惠。但忽然靈機一動，想到一個省長要來巡閱了，何不叫縣立中小學的學生都戴一頂標著「歡迎省長」的帽子呢？於是他問：

「你帽子一定不少了。」

「是的，老爺。」
「那麼你給我們縣立中學小學的學生每人辦一頂，帽帶上都要有『歡迎省長』的字眼。」
「他們有多少人呢……」
「我給你二千五百塊錢，帽子大概要六百幾十頂。」
「二千五百塊錢，啊！啊！」他想這下子可發財了。
「好，你回去吧，明天你去，要多帶一些帽子，尺寸要給他們戴合適了。」
他高興地出來，幻想著把這兩千多塊錢做發財的基礎，回到家裡，趕快從閣樓上破箱裡找出了相仿的一千頂舊帽子，第二天他拿了一千頂帽子到縣立中小學，讓學生們戴好了大小，裡面寫著名字，於是拿回來寫「歡迎省長」的字眼。幾天以後，他才將寫好的帽子送去。等省長到車站的一天，他一清早就在車站外面看著，不過他不是看省長，而是他的帽子。他的帽子，曾經在暗角落，破箱子裡待了十來年，今天大出風頭，居然戴在學生的頭上在歡迎省長了。當省長下車的時候，音樂隊奏起樂來，學生們大聲唱歌，腦袋一動一動的，他得意極了，覺得唱歌的都是他的帽子。
……
這在他精神上有不少的鼓勵，現在他走起路，說起話來很有點兩樣了。
在酒店裡，他對以前譏笑他的人說：
「你真不錯，現在真讓你說著了，戴我帽子的人真是你們的子孫。」
「但是你還沒有發財。」
「快了，快了，你等著吧。」
不久，果然在熱鬧的街市裡出現了一爿新帽子店。裡面掛著縣長及局長科長之類的匾額，最吸引人的是：「冠中之官」同「彈冠相慶」兩塊。

當時看這兩塊匾額的人也許不覺得，現在讀起來，可以想到當時縣政府一般人，因為「歡迎省長」帽子的得體，曾經獲得省長多少的恩寵。

這帽店生意倒是不壞，但是並沒有發大財。

一直到第二次省長來巡閱的那年，縣長命令全縣政府的人員，都戴著「歡迎省長」的帽子去歡迎。但發財的不是為這筆買賣，而是因為有些鄉紳討厭那個縣長，想法子要把他去掉，所以給他一筆很大的款子，叫他在那些「歡迎省長」的字句上隱隱約約加一個「不」字，只要雨一淋就會顯出來的——而那時正是那個地方的雨季。

起初我們那位帽商不肯，後來對方的錢越加越多，一直加到兩萬元，縣長趕走，將來再付兩萬。他有點受不了，捏捏手，舔舔嘴唇，終於接受了。

他把帽子送到縣政府後，不久就關了店，拿了所有的現錢到別處去了。

省長到的一天，縣政府自縣長以下更夫以上，諸凡局長科長巡警都站在車站上，雨季的雨是經常的，他們都願意淋，因為在歡迎省長時候淋了雨，省長一定會更加賜恩，也許淋的雨會變金子也說不定。但是他們竟不知自己頭上的帽子變了主張。

省長在車上可看得清清楚楚，他一句話不說，下車以後也沒有說幾句話，到縣政府查查公文之類，當天就回去了。

自然後來縣長也發現帽子上的字多了一個「不」字，急得沒有辦法。省長沒有問他，自己不便先說，祈禱著最好省長沒有看見。等到省長一走，他大怒之下，令大隊人馬來捉這個狡猾的帽商，但是帽商已經不知去向。縣長知道這件事背後一定有人唆使，祕密叫人探聽究竟。但到第三天剛剛查出點眉目的時候，省裡已經有公文來了。他心跳著去拆，拆開一看，果然是叫他滾蛋的。

從此，這位帽子先生可發財了，太太也有了，子女也有了，並且還有點聲譽——因為大家都知道他有點手腕，還有點妙計。

後來，不知怎的，一個新任到遠處去的提督還是提調想用他，於是把他請來了。

「你有什麼本事呢？」提督開始問他。

「我什麼也沒有。」

「那麼縣長怎麼被你去掉的呢？」

「那不過一頂帽子。」

「這就行了。我給你一千元錢一月，你跟我去玩玩吧。」

於是他就做了提督的隨員，跟到了任所，每天打牌，胡調，抽鴉片。碰到農民付不出田賦，他就弄一頂「違禁抗捕」的帽子，硬戴在他的頭上，遊街一周，立刻槍決；碰到商民納不出捐，他弄一頂「奸商」的帽子，硬戴在他頭上，遊街一周，立刻槍決；碰到報紙上異己論調或者學生要開會遊行，他就以「××黨」「××會」「××派」「××主義」一類的帽子覆在他們的頭上，或捕或殺，絕無問題。於是諸凡工農士商，凡要營救受害的人，都求這位帽匠開恩，於是他又受到成千成萬的賄賂。

這樣，我們的帽子先生發財了。許多人還是叫他帽匠或帽商，但是實際上他發財不是從賣帽本身來的。

有人說他是一種「報復」病，從「愛帽子」變成了「恨帽子」，因為沒有人愛戴他所愛的帽子，現在叫人戴了他所安排的帽子就死。

有人說他本來是好人，受了賄賂做了官才壞起來的。

但是故事是這樣結尾的：大概他正預備一頂帽子給人吧，酒醉時誤戴在提督頭上，於是立刻被提督處死了。不過也有人說他故意要戴在提督頭上，自己另有別種用意。

但是他也終於死了。

不過提督念他前功，死屍准其還鄉，葬於縣城外西山之麓，墓廓講究非凡，難以形容，唯其墓銘可錄，因抄了以供同好：

帽子先生，不知姓氏，
愛兮帽子，恨兮帽子！
帽子帽子，千古大事！
一得一失，寸心何知？
顯於帽子，沒於帽子，
帽下眾生，有生有死，
君在帽下，亦生亦死；
嗚呼噫嘻，哀哉帽子，
汝妻汝子，不戴帽子。

一九三九、六、一六。午。

老虎的「黑手」

從前有一個母親，有一個父親，於是就有一個孩子。這孩子生下來什麼都同別人一樣，只是兩隻手有點特別：手心是黑的，手背上又生滿黑毛，所以命名的時候就叫他：「黑手」。

有了名字，就有人要問姓，姓可有點難，因為姓王吧，有人以為他是王克敏後裔；姓史吧，與史大林有同宗之嫌；姓莫吧，與莫梭利尼又絞在一起，至於說姓趙錢孫李，生蔣熟湯，更是容易被人誤會同誰有點瓜葛；所以沒有人去問他姓，後來大家就以為他原本姓「黑」，名字叫做「手」。

黑手家裡很有錢。因為有錢，所以他根本就沒有看見過錢；有人替他代支代付，吃的是大雞大肉，住的是高樓廣廈，穿的呢絨嗶嘰，綢緞綾羅，所以他從來不必知道錢。

於是就這樣慢慢長大了，長大了聽人說沒有錢的是無產階級，他胸脯一挺，覺得自己從小到大就沒有錢藏到袋裡過，所以就自稱是無產階級。

後來大概喜歡文學了吧，他愛讀小說。

說到小說，徹底地說來，世界上文學原只有兩種：一種是從胃出發，另一種是從生殖器出發的；自然二者合在一起的也不少。我們的黑手胃既然很飽，生活既然非常舒適，所以他獨愛讀戀愛小說，因為他到現在還沒有戀愛過。但是為什麼他竟沒有戀愛呢？

壞就壞在兩隻可怕的黑手，女子們看起來都有點怕！

因而他就在小說裡求一點安慰。可是偏聽到有些無產階級的作家反對戀愛小說，因為這與時代太無關係。

但是他只讀戀愛小說！

於是有一天，有人請教他了：

「戀愛小說終是欠前進的，像你這樣無產階級，怎麼也會愛讀戀愛小說呢？」

「我嗎……唔……我……我是最恨戀愛的，自然也最恨戀愛小說；我之所以讀它，是為要寫一篇攻擊的文章。」

「啊，原來如此！」

「……。」

但是隔了好久，還沒有看見他的攻擊文章，於是兩位好事的人又去問他。他那時正一個人坐在家裡餐桌旁，吃一碗「龍虎鬥」。他一面回答，一面吃：「我就要寫，就要寫，吃完飯，就寫。你看，」他指指桌邊的報紙：「這是一篇很好的小說，我就先攻擊這個作者。」

於是他吃完了龍虎鬥，又吃一大塊紅燒雞，再吃一盤蝦仁炒蛋，一盤牛排，一杯咖啡加牛奶，兩隻美國橘子，一杯冰淇淋。這才到了書桌邊寫了一篇三萬字的文章。

雖然那篇文章第三天就在一個雜誌發表了，但是我這裡不能錄其全文，因為我這個故事只有幾千字，嵌了一篇三萬字黑手的大文，未免把十八克拉的金剛鑽鑲到破汗褲上頭來了。不過他大文的開句是：「我最恨戀愛，尤其戀愛小說。」結尾則是：「我從來沒有同女人戀愛過呀！」因為編者先生在旁邊加了密圈，所以我能夠默寫在這裡。

但是，不幸的是被罵的那作家第二天來諷刺他了。他說我寫過歐羅巴的童話，寫過戰爭的一頁，黑手先生竟都沒有讀過，獨獨讀我這篇戀愛東西；足見黑手先生是一個戀愛小說迷的人，而這種罵戀愛，只是性變態的反映，正如為舊禮教犧牲的老婆婆看不慣性解放一樣。

黑手讀到這篇文章以後，心理非常不高興，發誓不讀戀愛小說。但是人類除掉男子以外，偏偏有女人，而女人現在竟同男子一樣，滿馬路地跑；柳眉鈴眼，紅脂白粉，使黑手先生有點難堪，於是他不得不向她們追求了。

一次，兩次，三次……他用盡了方法，他用盡了戀愛小說中讀來的藝術，但總是失敗，後來有人告訴他壞就壞在他兩隻黑手。於是在第三十一次時候，他的手上套了副白絲手套，不過仍舊沒有成功，因為他手背的黑毛伸在絲手套外面，而白裡透黑，完全是臭灰蛋的顏色，很有點不討別人歡喜。

幸虧天氣冷下來，他換了一副黑皮手套，第三十二次居然有點成功希望了。可是戀愛是要持久的，冬去夏來，黑手又被別人看見，他終於又被人遺棄了。

他發誓不再戀愛，他恨女子。他這時不得不愛希特勒，因為聽說希特勒也是戀愛失敗的主角，而主張把女子送進廚下的人物。他很想做中國希特勒，但是哪裡有這份權力？於是他願意變成一隻老虎，吃盡了世界的女子。

「我要變成一隻老虎呀！」

「我要是一隻老虎就好了！」

「上帝，既不生我如希特勒，那麼何必叫我做人，我願意做一隻老虎，給我成就呀！亞門！」

這樣感慨吟唱祈禱了三個月之後，奇跡出現了：黑手先生果然失了蹤，而黑水嶺上多了一隻頭上有個「王」字的老虎。讀者一定奇怪了，不錯，我也有點稀奇。不過且把故事說下去。

黑水嶺是黑水鎮進城必經之路，每天早晨農女們挑著蔬菜瓜果到城裡去賣，一定要走這條路的。現在黑水嶺有了一隻「王」字戴頭的老虎，農女們生命一定不保了。

但是事實並不，這隻老虎只是強奸了這些農女，放她們回家。

鄉下人是怕羞的，同時也是膽小的，回到家裡哪裡敢說什麼，只是抖索地說是遇到了一隻老虎。

「老虎？」農夫們笑了。

聽見老虎為什麼笑呢？這是都市裡公子小姐們不知道的。因為種田人現在實在窮，捐稅重，出產少。所以大家於空時打點獵，賣到城裡去，算是外款。但是年來可以賣錢的獵物都快打光。現在聽說有老虎，覺得發財機會來了。因為去年他們曾經獵到一隻虎，賣掉了每人分到兩元三角八分錢。

自然，他們並沒有槍，這是要冒生命的危險的。為兩元三角八分錢去冒生命的危險，這是都市裡的公子小姐老爺太太所不相信的，但是鄉下人因為這樣幹了可以吃飽一點，所以的確是這樣地在幹。

於是鋤頭鐵耙，大群的人到了黑水嶺，在陰森的樹林裡探索，果然在一個山洞裡碰到了一隻「王」字戴頭的老虎，威風凜凜，殺氣騰騰，兩目灼灼有光地蹲在那裡。

大家恐怕牠逃脫，於是躡手躡腳地趕上去，有一個手快眼敏的老年農夫，拿起鋤頭就敲，誰知敲在屁股上。

有人說打虎必須打腦門，如果打在別處，於牠很少損害，而反會激起牠的憤怒咆哮的。所以當時大家都逃了。但是老虎竟並不咆哮，反而倒在地上動也不會動了。

於是大家上去，把牠捉來；仔細一看，原來虎皮裡是一個人。——只是一隻假老虎，雖然腦門上有一個「王」戴頭。

假老虎並不能賣錢，等他醒來了送到官裡去。

「你為什麼要假裝老虎在黑水嶺嚇人？」官問了。

「我沒有強奸人，我只是窮，沒有錢，想搶點吃吃罷了。」

這位官的確是同情窮人的，他想既然沒有搶到什麼，放了他就算了。但偏偏衙門裡有一個包探看見了他的黑手，知道他就是正在懸賞尋求的百萬富家的少爺。所以就把他的謊語戳穿了，一面打電話給他家裡。於是他家裡拔了九牛一毛在衙門裡上下打點，另外請了一個大律師來辯護，說他所以會去裝老虎駭人，完全是他因為有神經病的緣故。

這樣，黑手先生是無罪了。

事後，沒有人知道他去做老虎的原因，也不知道上帝讓他做老虎的意志。

據他自己說，是因為他要做無產階級，所以離了富有的家庭到山嶺去尋食物。

自然這是不合真正無產階級的理論，但是他知道的只有這一點。

故事說到這裡算完了，有人如還問黑手先生的下落，我可回答不出，因為世界上的人與老虎，都很少有詳細的下落傳世的。

一九三九、九、十一、午。

文學家的臉孔

有一位擅長體育的富家子弟，為愛一個愛讀革命小說與左傾文藝刊物的小姐，忽然想做文學家起來。

但是他不知道怎麼樣可以成文學家，更不必說他沒有讀過一本關於文學的著作。他不知道什麼是文學家；但是他好像記起那位小姐同他說過，一位現存的作家的文學研究，是從作家面孔著手的。

他於是買了許多所謂文學家的照相，莎士比亞、岳飛、狄更斯、關羽、拜倫、高爾基、李白、諸葛亮、泰戈爾、王爾德、蕭伯納、章太炎，哈代、與魯迅等等，掛在房間的四周，開始研究。房間的中間放著一面大鏡子。

他開始把自己同四周的文學家比擬，發現自己的年齡，體格，姿態與拜倫最像。於是他把頭髮燙得彎彎曲曲，搽了一臉雪花膏，跑到照相館照拜倫像中的姿勢，照了一張十寸的照相，送給他所愛的小姐去。

小姐正在讀高爾基的小說，一見他進來，趕快起身迎接。他於是恭恭敬敬說：

「我要送你一件你想不到的禮物。」

「禮物？是什麼？」

「你猜。」

小姐猜了半天猜不著，他才把照相拿上去。

「原來是一張照相。你的照相，我這裡難道還不多麼？」

「可是那些都是體育家，而這張是文學家。」

「呵，文學家。」小姐打開來一看：「呵，果然像拜倫。」

「是不是，你喜歡文學家，我也可以做文學家的。」

「但是我不喜歡拜倫。」

「為什麼？」

「拜倫是浪漫派的，不革命；後來幫希臘獨立去打仗，終算有點氣派，但是這也只是浪漫精神。」

「那麼你喜歡誰？」

「我喜歡高爾基。」

「高爾基？」他抓抓頭皮，思索著他有沒有高爾基的照相。

「就是這位高爾基。」小姐說了拿剛才在讀的周譯高爾基小說集給他看。

他於是把這個高爾基的名字記清楚了跑回家，在房間內四周找了半天，尋不出高爾基的名字。於是他跑到圖書館，在文學字典裡一查，才知高爾基不是中國人。他記清楚了拼法，再回家在外國作家中間尋，一尋就著，不錯，是一個老頭子，衣冠不整的老頭子。

他照照鏡子，覺得年齡、體格、姿態都不像，他不能學，能學的只是一個衣冠不整。

從此他把漂亮的西裝都毀了，衣冠不整地在路上走。認識他的人都奇怪了，不免對他詢問，他嚴肅地說：

「我在學高爾基呀。」

「學高爾基？」那位朋友不免笑出來，順便說一句笑話：「你還是學學中國的高爾礎吧？」

他聽到高爾礎這個名字，知道又是一位文學家。他趕緊查中國文學家人名字典，但是查不到。他想莫非是高爾基的弟兄，也是俄國人。那位朋友不懂他的國籍吧。高爾礎與高爾基是兄弟的名字，而那位朋友會把他弄成中國籍，他想想覺得這位朋友太傻了，但是西洋人名字典中居然也沒有。

於是他苦悶起來。

那位小姐見他苦悶得憔悴，於是有一天問他：

「近來為什麼這樣憔悴，可是家裡破產了？」

「不，我的安琪兒，我是在想念一個文學家呀。」

「想念一位文學家？」

「是的，安琪兒，我是想念高爾礎。」

「高爾礎？你從哪裡聽來的？」那位小姐忍不住笑了。

「我哪裡都尋不到他的名字。」

「啊！」小姐禁不住大笑：「高爾礎是魯迅小說裡的人物，並沒有這個人的呢！」

「真的麼？」他的苦悶消散了：「那麼誰是魯迅呢？」

「魯迅你不曉得？」小姐也有點奇怪：「那位鼎鼎大名中國高爾基。」

「中國高爾基？」

……

「中國高爾基！中國高爾基！」他口嘴嘰咕著走開去：「中國有高爾基，為什麼要學外國高爾基？」

「魯迅，魯迅兩個字怎麼寫呢？」他於是回到小姐那裡去問。

記住了魯迅兩個字，終在家裡找到他的照相，他很高興，以為從此就可以在魯迅身上做文學家了。

他把所有文學家的照相都捨棄，獨獨搜集魯迅的照相，站著的，坐著的，走著的，躺著的……他都搜集到了，於是掛在他的四壁。

不到一年他居然學會了魯迅的姿態。打起網球來，有魯迅的作風；游起泳來，有魯迅的派頭；跳起舞來，有魯迅的旋律；打起牌，也充滿了魯迅的腔調。

獨獨沒有學會魯迅的罵人。魯迅罵人常是一針見血，而他只會一句老調：「他媽的，照鏢！」

這算做了文學家沒有，大家不知道。不過他的安琪兒終於嫁給他，在他自己看來，這已是做了文學家的明證——雖然他的太太並不伴他作魯迅風的打牌、跳舞與游泳，但是她是很滿足的，可以安適地不愁吃著，躺在床上讀高爾基先生的小說與魯迅先生的全集。

打腫了的貓

鄉下家園裡有許多動物。老鼠是寄生在那裡的，躲來躲去，不敢拋頭露面；雞鴨關在後園，不許牠們到屋子裡來的；羊拴在樹上，豬攔在欄裡，騾子要去拉車，老牛每天去耕地，回來都待在陰暗的廄裡……

只有貓，牠頂自由。一會兒跳到太太的床上，一會兒躲在小姐的被洞裡，一會兒到客廳裡睡覺，一會兒到屋頂上散步。牠到廚房裡等吃飯，到後園草地上曬太陽。牠欺侮老鼠，老鼠吱吱叫，家破人亡，流血遍地，牠覺得有趣；牠追逐雞鴨，雞鴨驚惶失措，奔逃飛躍，悽哭哀號，牠覺得好玩。於是牠有一天忽然看到了羊。羊比牠大，可是也不用去做工，整天都在太陽下睡覺，也無須躲來躲去。牠開始覺得自己很不如羊，但跟著牠發現羊從不到屋裡去，而且時時被拴在樹上。牠開始問羊了：

「你怎麼老在這裡，不想到屋裡去走走麼？裡面沙發是軟的，床是香的，夜裡同白天一樣光明。」

「這是屬於人的。」羊說。

「可是我可常常在這裡面，同老爺並坐，同小姐併睡，同太太共餐。」

「啊，你是特殊階級，」羊說：「我們誰能同你比呢？」

貓從此知道了羊也並不如牠；牠開始常常欺侮羊，羊不去理牠。

有一天，羊被拴在籬笆上，牠睡在籬內，恰巧外面來了一隻狗。羊同狗就談起話來。羊說羊的苦，狗說狗的苦；羊說狗自由，狗說羊安適。最後大家談到牛，牛自然更苦；談到騾，騾也不如牠們；談到猪，猪也並不舒服，不過牠不用腦子，不作計較，所以心廣體胖；談到雞、鴨、老鼠，狗說：

「牠們總是又自由又舒適了。」

「但是我不喜歡做牠們。」羊說：「我想別的都沒有什麼，一切都可以忍受，可是被貓欺侮玩耍的時候，可真受不了。我幸虧比貓兒長得大。」

「貓也來欺侮你麼？」狗問。

「但是我不理牠。」

「我希望牠會碰到我，」狗說：「我一定好好把牠揍一頓。」

就在那時候，貓過來了，牠不認識狗，以為也是一隻羊，不過是花的。牠先去惹白羊，白羊不理牠，牠就惹到了花狗。

結果，狗把貓揍了一頓，揍得一身都腫了起來。羊在旁邊不覺好笑，於是雞呀鴨呀都大笑起來，耗子也吱吱地偷笑。貓想去追趕牠們，但一身腫痛，跑不快，走不動；牠們溜走了又都溜了回來，圍著牠說：

「我們還以為是猪娘養了小猪了呢！」

貓聽見過猪，但一直沒有見過，牠想去看看。牠偷偷地一拐一瘸的跑到猪欄，猪沒有理牠，也沒有譏笑牠。牠看了看，覺得小猪個個都是腫脹不堪，恍然大悟說：

「原來你們都是被羊打腫了，在這裡養傷的呀。」
貓就躺在潮濕的泥土上，覺得冷冰冰的，腫疼好了許多。
第二天，許多孩子來看猪，大家都說：
「猪娘又養了一隻小猪。」
貓想，如果我走出猪欄，他們一定都要對我訕笑，還不如暫時在這裡學做豬，學猪走路，學猪叫，學猪談天……
但是別的小猪都長大了，貓還是很小。人們說：
「這隻小猪怎麼像貓？」
「我本來是貓呀。」牠想跳出來做貓，但是人們不許牠出來；因為牠一切行動談話已經是猪，沒有人再信牠是貓了。

一九五〇、十一、九。

一　客

是冬夜，沒有星光，沒有月光，下著淅瀝的雨，風呼呼地叫著，我忽然聽到你的呻吟。

好像是廚房裡，也好像是在小園中，也好像是在矮牆下……

我終於找到你。

你在我門外的檐下，抖索著，斜躺在牆角。

瘦削的身軀，長長的頭髮，灰白色的臉。

破爛的鞋，骯髒的衣服，濺滿泥污的褲腳。

你身邊是一個敝舊的吉他，一個灰布的包袱。

「你病了？」我問。

你不答，你只是呻吟。

「你餓了？」

你不答，你只是呻吟。我說：

「到裡面來吧。」

我扶你起來，為你拿包袱。

包袱裡，只有幾本書。

你提著吉他，跟我進到客廳。一言不發，倒在沙發上，低微地呻吟著，在燈光下，你的臉色灰白中帶著青光，頭髮也有點白絲，但是我看得出你不過三十幾歲，我倒熱水給你喝，又倒酒給你喝。

妻出來。她叫我過去，很生氣地說：

「你把叫化子帶進來幹嘛？」

「不像一個叫化子。」我說：「怪可憐的。」

「可憐？世界上可憐的人多啦，你都請他們進來？」

「可是，你看，他是一個讀書人呢。」我提提他的包袱說。

「讀書人？讀書人怎麼樣？真正的壞人都是讀書人。」妻打開鬆散了的包袱，露出了裡面三本書——一本是英文本黑格爾的《邏輯學》，一本是德文本尼采的《查拉圖斯特拉如是說》，一本是李商隱的《玉谿生詩》。

我看看這三本書，不免加深了對他的同情。我說：

「留他住在這裡吧。」

「給他一點錢，讓他走好了。」

「這樣晚，這樣冷，又是下雨天，就明天打發他走吧。」

就這樣，我扶你進了浴室，我帶你到了客房，我供你柔軟的床，潔淨的被單。

第二天，陽光滿窗，你沒有起身。妻說：

「叫他起來，讓他走吧。」

「就讓他多睡一回吧，我看他實在太累了。」

你於下午四點鐘起身。

你對我不道謝，不說話，低著頭，微喟著。我看你病還未痊癒。

我給你茶水，粥湯，飯菜，我還讓你穿我乾淨的衣服。你不說話，也沒有說走。你待在房內，看你三本帶來的書。

就這樣，你就待下來了。

我看你一天一天健康起來，你還是躲在房間讀你帶來的那三本舊書，不說一句話，不向我道謝。

於是，你在房內奏起你的吉他，你低聲地唱起歌來：

一個空虛空虛疲倦的靈魂呀，

拖一個憔悴憔悴的身體。

在你的屋檐下求一葬身之地呀，

酒呀，肉呀，我並不稀奇！

……

唱著，唱著，你沒有得到我同意，就拿我的酒喝。你沒有表示謝意，就坐到我的飯桌上來就食。你露出羞澀的笑容，不看人一眼，不說一句話，吃了飯就躲到房裡。我隱約地聽你在奏吉他，用悽切的聲音，唱：

一個空虛空虛疲倦的靈魂呀，
拖一個憔悴憔悴的身體。
在你的屋檐下求一葬身之地呀，
酒呀，肉呀，我並不稀奇！
……

二

你沒有得到我同意，沒有徵詢我的意見，你開始為我掃地，為我收拾雜物，為我抹窗，為我洗滌窗簾。你不說話，永遠露著羞澀的笑容，不正眼看我，也不正眼看我的妻。而你又時時低聲地哼著：

一個空虛空虛疲倦的靈魂呀，
拖一個憔悴憔悴的身體。
在你的屋檐下求一葬身之地呀，
酒呀，肉呀，我並不稀奇！
……

你沒有得到我同意，沒有徵詢我的意見，你清理我的花園，修剪了我園中的花卉，掃除了枯枝落葉。

你沒有得到我同意，沒有徵詢我的意見，你隨手穿我的衣服，隨手著我鞋襪。

你沒有得妻的同意，沒有徵詢妻的意見，你儘快的洗清廚房的碗碟，倒棄廚房的垃圾；你還在半夜裡油漆廚房的牆壁，剪掃我園中的草地。

你不說走，你不出門，躲在房內，奏著吉他，用你悽切的音調，唱著你自己的歌。

有一天，早晨，你躺在剪淨的草地上，奏著吉他，你忽然唱著一曲新歌：

> 我終於要遠飛，遠飛呀遠飛，
> 飛到一個沒有歌唱沒有舞蹈的天地，
> 那時，我要捨棄呀，
> 捨棄我空虛空虛的靈魂，
> 擁抱一個肥胖肥胖的肉體，
> ……

於是，在飯桌上，我問你：

「你是不是打算走了？」

你羞澀地笑笑，點點頭，不說一聲謝謝，不說一聲抱歉。

第二天，你換上你敝舊的衣服，提那個包著三本書的包袱，背著吉他，向我深深鞠個躬，跨出了我的門檻。

就是那時候，妻提著一個提箱出來。

「你……」

「我只好跟他去了。」妻一面流淚，一面說。

「怎麼？你說什麼……」我當然非常吃驚。

「我愛上了他。」

「你？你不是討厭我把他弄進來的麼？」

「是呀，你為什麼要找他進來呢？」

「你是說……」

「我當時就害怕我會愛上他呀！」

妻嘆了一口氣，揩著眼淚，說：

「再見！對不起……再見。」

妻出門後，我愣了許久。

最後，我追出去，我聽到了吉他的聲音，於是那清清楚楚的歌聲傳來了：

我終於要遠飛，遠飛呀遠飛，
飛到一個沒有歌唱沒有舞蹈的天地，
那時，我要捨棄呀，

捨棄我空虛空虛的靈魂，
擁抱一個肥胖肥胖的肉體，
……

裸體

不要裸體，請不要裸露了，人呀！

你的衣服已經代替了羽毛，你的鞋襪已經代替了韌皮；你已經不允許再裸體了。

當你從爬行的生活中站起，你暴露了你的生殖器，你就想到找樹葉遮掩了，你已經再不配裸體了！

當你的尾巴在直立中退化，你暴露了你的排泄器官，你已經無法再裸體了！

不要裸體吧，人類！

你再不能與潔白的海鷗比潔淨，你再不能與七彩的孔雀比燦爛，你再不能與昆蟲的甲殼比光澤，你也再不能與植物的花卉比鮮艷。

不要裸體吧，人類。虎豹的斑紋是天設的圖案，豺狼的蒼黃是原野的風韻，白熊是冰雪的結晶。魚，海裡的、河裡的，長的、短的、大的、小的、灰色的、白色的、五彩的、七彩的，都是靈巧的編織，晶瑩的組合，閃耀著水的韻律。

你，人類呀，你早已沒有天賦的財富，你已經失去你裸體的資格。

駱駝、虎豹、大的象與小的貓，他們柔軟的腳掌經千里的跋涉，仍保留著美妙的天然的形態。鹿的蹄、羊的蹄，在大地上經年累月的馳騁，永遠保留著它們的靈巧。而你，人類，在下車、下飛機的偶爾步行中，美麗的腳已經畸形了，勻稱的腿已經暴露了青筋。你的皮膚，稀鬆的凌亂的汗毛像枯黃了的草地，經不起雨打日曬，經不起酷熱嚴寒。深淺的汗斑，高低的疙瘩，侵蝕蔓延，很快就枯萎、皺縮。當你失去了羽毛的庇護，毛孔變成了積污的溝渠。僅有的頭髮尤為脆弱，很快就變成灰白，很快就根根禿脫。

掩蓋起來吧，人類。用鳥羽編的帽子，戴在你的頭上；用羊毛織成的衣衫，裹在你的身上；用牛羊的皮革製成的鞋靴、手套，套在你的手腳上；用蜂蜜用鯨油製成的脂膏，塗在你的臉上，防那焦灼的太陽，防那溼熱的風，防那乾燥的空氣，防那陰毒的輻射，防那頭上的雨雪，防那腳下的水。

人類，掩蓋起來吧。

你還該掩蓋你的眼睛，戴上你棕色的、藍色的太陽鏡；戴上你水晶的、琥珀的，以及各種隔光的眼鏡；戴上你隱形的眼鏡。因為你怕那強烈的光，你怕那閃耀的光，你怕那陰黯的光。你在站直以後，早沒有蒼鷹與海鷗的眼力。你在點上了油燈以後，早失去了貓與鼠的視覺。

你，人類呀，大自然已經捨棄了你，你已經失去了一切可裸露的美。

掩蓋起來吧，掩蓋你身上的一切，用你所謂從文明來的智慧！

人影

我愛黑暗，我喜歡黑暗。

「你為什麼愛黑暗呢？」你問。

「因為，」我說：「只有在黑暗中，它才會不來麻煩我。」

「誰呀？」

「那是一個可怕可憎的形象。」

「它常常同你爭辯麼？」

「沒有。」

「它常常問你私事麼？」

「沒有。」

「它常常向你借錢麼？」

「沒有。」我說：「它只是一直跟著我。」

「但是不在黑暗降臨的時候。」

「是的，」我說：「所以我愛黑暗。」

「一有光亮，它就來找你了。」

「是的，它偷偷地出現了，跟著我，緊跟著我。」

「真的，那麼它是在窺伺你的行蹤了。」

「所以我討厭它。」我說：「但是我有什麼可以窺伺的呢？」

「下次讓我為你觀察觀察它，好麼？」

「好極了，謝謝你。」

「只要有光亮，它就在我旁邊出現了，你注意好了。」

「我已經找到它了。」

「怎麼樣？」

「它不是窺伺你。」

你微笑著說：「它在愛你。」

「愛我！」我有點顫抖：「這可怕的！」

「它是你創造的，它學你，它模仿你，緊緊靠近你，它想占有你。」

「但是它想掩蓋我，歪曲了我整個的輪廓，歪曲了我整個的心靈，它冒充我，在大庭廣眾中冒充我。」

「但是，你允許我說老實話麼？」

「自然。」

「它的確很美，很美，它具有你所有的一切的美，但不帶你具有的一絲醜俗。它沒有一點煙火氣，沒有一點俗氣。它飄逸如煙雲，瀟灑如風，輕靈如霧，神祕如光。」

「神祕如光！」我笑了：「是的，它是跟著光出現，它想吞噬我。」

「你說它想吞噬你麼？」你冷眼地看看我，說：「我倒覺得你……你在妒嫉它，因為它比你美。」

「你難道以為我妒嫉這個可怕的……」

「這個美極的形象！」你笑了，似乎是冷笑，你接著正視著我說：「現在我發現那是你，是你在追隨它，是你想吞噬它，是你，是你在緊緊的窺伺它，跟蹤它。」

「但是我……我為什麼喜歡黑暗呢？」

「因為你想在黑暗中下它的毒手。因為黑暗中，沒有人會發現你去謀殺它。」

老

請你不要害怕，不要緊張。你應該冷靜，鎮定。你可以靜靜地看，你且把耳朵移過來，我告訴你，他很快就要掉下來了。

掉下來，你知道麼？

那是因為地心吸力，除非你到太空去，在這裡，你一定要掉下來，人人都要掉下來，他也很快就會掉下來。

你還記得我們童年時塑造的雪人嗎？院子裡，我們塑造了一個雪人，全身雪白。有人在它嘴唇上搽一點紅，在它眼睛上鑲兩粒豆，在眉毛上塗一點黑。我說，這些都是多餘的，雪人就要全身雪白。可是你們要它像真人，的確很像，它坐在院子裡，享受了整個北方寒冷的冬天。

可是春天到了，太陽增加了熱力。

這個雪人，就開始掉下來了。最初就是它眉毛上的黑色，嘴唇上的紅色，於是鼻子低下去，面頰瘦下來，額角平進去，於是耳朵掉了，那兩粒眼珠先掉了一粒，後來又掉了一粒；於是肩膀掉下來，慢慢地，一層一層地；跟著下顎陷進去，頭頂削尖了……沒有幾天，它已經一層一層，一塊一塊地掉成大家不認識了。

它已經不是一個人，是一堆霉爛的雪。

你說，把它推倒了吧。我說，讓它自己去掉吧。

它於是在春天的陽光中，不斷地掉，掉成了像一棵枯樹，於是突然有一天縮短了，變成了小小的一堆，像一個小小的墳墓。於是，慢慢地低下去，平了。太陽照在它上面。

這就是了，掉成了一堆墳墓，墳墓陷在大地裡。

雪人在春天掉。樹木呢，它們在秋天掉，掉的是葉子，一層一層。到冬天，它就掉成了枯幹枯枝。它要在春天重新發芽，於是又是另外一代了。

至於他，我說，他就要掉了。你看，是不？

他的眼袋已經掉下來了，面頰的肌肉垂下來。那是因為地心吸力，你知道麼？

他的挺直的眉毛兩端斜下來，眼睛的兩角倒掛下來，是不？這就是他不斷地在掉，一切都在掉。

你等著瞧吧，他還要不斷地掉。

頭髮，現在，你看，天天在掉。頭水、頭油、頭蠟，一切都沒有用，它們不斷地在掉。

人參、荷爾蒙、鹿茸……什麼都沒有幫助。你看，他身上什麼都在掉下來。臂上的肌肉，腿上的細胞，兩腮的皮膚，五臟的纖維都在掉都在掉，心臟下垂，胃下垂，直腸下垂……那是地心吸力呀！你等著瞧，等著瞧。他背已經駝，腰已經彎了。這是整個的軀幹在掉下來。

那是地心吸力呀！

接著，你瞧，你瞧。

他的兩臂已經掉下來，隨著地心吸力的呼喚，高舉已經不容易了。

他的兩腿已經掉下來，隨著地心吸力的呼喚，想高抬已經不容易了。

是不？他在掉下來，掉下來……掉下來。

你瞧，他已經掉成不像是他了。
現在，你瞧，他已經倒下來，地心吸力拉著他，他的心臟掉下來，跳動已經不容易了。
他倒在床上，他很快被裝在棺材裡，很快就埋在地下。
一個土堆，一個墳墓。
地心吸力在呼喚。
墳墓掉進去，掉進去。
平了，同雪堆化了一樣。
是不？你瞧，他很快就掉下去了。
現在，你呢？

自殺

我決心自殺的那天，是一個乾燥寒冷的冬夜，我穿著厚厚的大衣準備去跳海，但當我一出門，就聽見有人在哭泣，幽幽的，悽悽的，斷斷續續，忽隱忽顯的。

就在我門口，他坐在陰暗的角落里。

我走過去，看他披著博大的衣服，蒙著頭。

我甚至看不清他是男還是女。

他在哭泣，幽幽的，悽悽的，斷斷續續，忽隱忽顯的。

「怎麼啦？」

他不理我，只是哭泣，幽幽的，悽悽的，斷斷續續，忽隱忽顯的。

「你病了麼？」

他不理我，只是哭泣，幽幽的，悽悽的，斷斷續續，忽隱忽顯的。

「你遇到什麼不幸的事麼？」

他不理我，只是哭泣，幽幽的，悽悽的，斷斷續續，忽隱忽顯的。

「我有什麼可以幫你忙麼？」

他於是抬起頭來，是一個清瘦的秀逸的臉龐。

「你真的肯幫我忙麼？」
「只要我辦得到的話。」
「你可以為我去愛一個人麼？」
我奇怪了，我說：
「我去愛一個人，同幫你忙有什麼關係？」
「因為我已經不愛她了。」
「你不愛她，要我去愛她？」
「只要有人肯真愛她，我就不傷心了。」
「這是什麼樣一個人呢？」
「一個女人，一個美麗萬分的女人。」
「那麼為什麼你不愛她了呢？」
「愛情哪有永久的事情。」
「那麼要是我愛了她，將來要是我不愛她了又怎麼辦呢？」
他停止了哭泣，望望我，很嚴肅地說：
「你有三條路可走。」
「也像你這樣在路邊哭泣，求一個人去愛她麼？」
「是的。」他認真地說：「但還有另外兩條路：一是你使她養一個孩子，一是你有勇氣同她一起自殺。」
「假如她養了一個孩子？」

「那她就有了一個真正愛她的人。」
「假如同她一齊自殺。」
「那就什麼問題都沒有了。」
我不再說什麼，看看他這個清瘦可憐的臉，我有點討厭他，我想走了，我要早點去自殺。但是他拉住了我。他說：
「你不想為我去愛她了？」
「你怎麼知道我會愛她？」
「她實在是一個非常美麗可愛的女孩子，你一定會愛她的，只要你肯看她十分鐘。」
「如果我愛了她，而她不愛我呢？」
「她愛你的，不瞞你說，她已經在愛你了。」
「哪有這事情！我……」
「我知道，她愛你已經很久。」
「她是誰呢？」
「她是我的太太。」我愣了一下。於是我問他：
「你不愛她了？」
「是的。」
「你們沒有孩子？」
「沒有。」
「你沒有勇氣同她一齊自殺？」

「我想的是，看你將來同她一齊自殺。」

我笑了，我說：

「不瞞你說，我現在就是去自殺。」

「一個人？」他興奮地說。

我點點頭，不再同他說什麼，就獨自走了。

冬夜，我在寒冷的空氣中，聽著空巷中我自己的步聲，我走著。

於是，我發覺後面有急促的步聲追上來了。

我沒有回頭，我知道那一定是他。他已經想陪我一齊離開這個世界了。

生的痛苦

生、老、病、死。

老，我知道；病，我知道；死，我看見過。

生呢？人人都經驗過，但是人人都忘了。這「生」的痛苦，再沒有人記得，也沒有人記錄，也沒有詩在表現，也沒有畫家在刻畫。

現在你來了。你說，你要告訴我「生」的痛苦。你說：「死是從『有我』到『無我』。生是從『無我』到『有我』。」

「這個我也知道。」

「沒有再比在人家肚子裡出現『我』時的痛苦了。」

「它怎麼出現的？」

「像是蒸汽遇著冷，變成一滴一滴的水一樣。」你說：「那真是痛苦呀！」

「這有什麼痛苦呢？」

「這等於把活人一刀一刀地凌遲處死呀！」你皺著眉說：「你只要把刀子輕輕地割割自己的手臂就可以想像了。」

「那麼，像蒸汽凝結起來，『我』就出現了。」

「這只是一個小小的『我』，小小的『我』，並不生長，並不擴大，它在等待，在等待另外一滴『我』同它凝結，那真是不能想像。痛苦呀，說不出的痛苦呀！」

「我還是無法理解。」

「愚蠢的人呀，你不知『生』，怎麼知道『死』呢？」

「我看見過人『死』，我看得出他的痛苦。」

「其實你看見的是病的痛苦，你無從知道死的痛苦。」

「但是死了還有什麼痛苦呢？」

「你看見了孩子出世時第一聲哭，那是生育的『生』。我說的是『我』的出現時的『生』。死則是『我』的消滅。」

「病不就是致人於死亡嗎？『我』不就是在死亡中消失的嗎？」

於是你嘆氣了，你笑我愚蠢，你說：

「死亡出現到死亡完成是一條很長路途呢！」

「那是怎麼一回事呢？」

「那是『我』的消散，『我』也是一點一滴地消散的。」你說。

我還是不能理解，但是我說：

「我想那是同生一樣，『我』是一點一滴在母親肚中凝聚的，是不？」

「是的，你好容易懂了。」

其實我還是不懂。我說：

「那麼這究竟是怎麼樣一種痛苦呢？」

「這是一種人世間不存在的一種痛苦。『生』的痛苦在『生』的完成前，『死』的痛苦在『死』的出現後。」

「那麼你有什麼資格告訴我這種痛苦呢？」

「我麼？」你笑了，你說：「難道你不知道你是在夢中麼？」

「我，那麼你呢？」

「我自然不是人，是一個幽靈。」

長壽

人都希望長壽，富有的人，有權勢的人自然更希望長壽。

所以，有一個富有的人，有一次，請了十個九十歲以上的人吃飯，他一個一個請教他們長壽的秘訣。這十個人中，五個是男的，五個是女的。

第一個是女的。她已經九十四歲，還是精神矍鑠，眼明耳聰，只是掉了三顆門牙，她說：

「我從不喝酒，也從不吸煙。我二十歲結婚，二十五歲男人死去，我再也不近『男』色，我沒有養過孩子。此後生活，茹素禮佛，每天四更醒來，打坐唸經，安天樂命，不憂不急，如此而已。」

第二個是男的。他今年是九十一歲，看上去像七十幾歲。談話聲如洪鐘，舉止輕快。雖是滿頭白髮，但面孔紅潤，眼睛有光。他說：

「我也喝酒，也吸紙煙，十七歲起從未斷過，但只是酒限八分，煙限八支。太太呢，死一個討一個，前後有七個太太，生有十二個孩子，現在兒孫盈百，散布各地。每人都有錢寄來，所以我還是喝酒吸煙。我現在是一個人，正想物色一個太太，以備百年好合。」

第三個是女的，九十二歲，手足輕健，耳目聰明，髮呈灰白，面上皺紋雖多，但色澤光亮。她說：

「我因為窮，所以丈夫死了，只好嫁人。嫁了十次，每次都生三個、四個小孩。現在只是一個人，子孫散布天下，都可自立。我於三年前住到一個道院裡，各地子孫有錢匯來，我每天只是找伴打牌消遣。我從未想到長壽，不知不覺過了九十。」

第四個是男的，也是九十四歲。他說：

「我年輕時候生活荒唐，濫賭亂嫖。後來皈依耶穌，改邪歸正，成家立業。現在子女也都長大，各自他飛，我自己也略有積蓄。稍有煩惱寂寞，就立刻祈禱，所以活得非常快活。」

第五個是女的。她說：

「我一直希望早死，但偏偏不死。嫁了三次，三次婚姻都不如意。第一個丈夫不務正業，打我罵我。我多次想自殺，終無勇氣實行，而丈夫竟在醉酒歸來墜河死了。第二個丈夫有點錢，我做他第三房姨太太，但接著他又有第四房姨太太，我只好帶些錢一走了之，同一個船員跑到南洋，兩人同居。不久，那個船員帶我去賭錢，我把私蓄輸光，船員也就出海外去了，從此再也沒有回來。幸虧我有一個妹妹，在新加坡開了一個小飯館，我就在那邊幫忙，以後妹妹過世。我就獨自經營，倒很得法，現在已經傳給孫子，而我生活也不必擔憂了。」

第六個是男的。他說：

「我呀，我從小荒唐，吃喝嫖賭，無不過分。二十三歲得了肺病，咳嗽吐血，一病兩年，中西醫都束手無策，自以為不久於人世。後來碰見一個和尚，邀我到山上一個庵堂裡去住，我既不吃藥，也不就醫，只是靜養修行，一年一年過去，居然病就好了。一直活到如今。」

第七個是女的，九十五歲。她說：

「我二十歲就有胃病，後來我專學營養，成了營養學家。我完全依賴營養科學使自己健康快活。我嫁過三個丈夫，兩個是醫生，一個是藥劑師，他們都不到七十歲就死了，我糊里糊塗地活到現在。」

第八個是一個男的，九十六歲，是一個跛子。他說：

「十三歲時候從樹上掉下來，折斷了腿，就此成了跛子。我以後學木匠，師父愛喝酒，我也就學會了喝酒。我愛喝酒，一直愛喝酒，別的嗜好倒沒有。我討了一個太太，生了一男一女，他們也成家立業，但現在孫子們都長大，可是他們自己都死了，你猜我怎麼會長壽？我每年春天吃十八隻青蛙。這是一個道姑告訴我的，說是每年立春早晨開始去找青蛙，找到了就洗淨活吞，每天吃一隻，每年吃十八隻，年年如此永不間斷，可以長生不老。我就一直吃到現在。」

第九個是女的，九十七歲，是一個鄉下農婦。她說：

「我一生貧窮，在家從父，早起種田割草，晚上洗衣燒飯。出嫁從夫，也是早起種田割草，晚上洗衣燒飯。夫死從子，也是早起種田割草，晚上洗衣燒飯。後來他們都死了，剩下我，我還是早起種田割草，晚上洗衣燒飯。幸虧我孫子曾孫上船去做工。八十歲以後，他每月寄錢養我，一直活到如今。」

第十個是一個農夫，駝著背，彎著腰。他說他已經一百零四歲，他沒有牙齒，滿面皺紋，一頭稀疏的白髮，他說：

「我一生就住在一個地方。兵災、旱災、水災，什麼都經過。但吃的則永遠是簡單飯餐。我結過婚，太太死了，沒有再娶，也從來沒有孩子。八十歲的時候，鄰人幫我，給我安排到一個老人院生活，就活到現在。」

這十個長壽的人把他們的生活告訴了那個富有的人。那位富有的人，就送每人一筆禮金，請他們回去，自己把他們的話細細地想了一回，發現這些人似乎都沒有長壽的秘訣，只有那個跛子。他是有一個秘方，那就是每年春天吃十八隻青蛙，他於是以此請教了醫生。醫生說那跛子只是胡說八道，長壽就是長壽，與吃青蛙絕無關係。

這富有的人沒有辦法，後來決定登了一段啟事在報上，徵求長壽的秘訣。

於是他接到了許多奇怪的信。

有的勸他打太極拳，有的願教他「萬壽無疆」的內功，有的要傳授他採陰補陽的秘法，有的要他吃應徵者手製的「千龍補心丹」，有的宣稱有家傳秘方，要多少多少代價，可以賣給他，有的要他打坐念咒，咒文則只有應徵者可以口授……

那位富有的人對於這些來信，都覺得不可靠，所以只好另訪奇人。

最後，他聽說在天台山上有一位道極和尚，已經一百多歲，道行很高，他於是就到天台山去拜訪道極和尚。

原來道極和尚是在天台山紫雲寺內。這個寺是他第四代徒孫一舟和尚住持，道極和尚在後院裡已經多年不見客。這位富有的人，再三懇求，並承允捐錢給紫雲寺等等，才得進去拜見。

可是他進到後院，只有道極和尚閉目靜坐在蒲團上，既不看他，也不開口，只是指指蒲團的前面的一個紅封。

這位富有的人拾起這個紅封就退了出來。到了外面，拆開紅封，裡面是一張黃紙，寫了一個偈，這偈子說：

生死在天，壽夭由命，

千年烏龜，萬年石塊。
蜉蝣一瞬，白雲悠悠。
軀殼蠶蛹，靈魂永存。

這位富有的人，讀了幾遍，覺得似懂非懂，於是請教住持一舟和尚，一舟和尚說：

「施主想請教的是什麼？」

「是關於生死壽夭的問題。」

「那不是已經說得很明白了？」

「你可以為我解釋一下麼？」

「它是告訴你這世上最長壽的動物是烏龜，但是烏龜還沒有石塊長壽。烏龜是什麼都不急，什麼都不慌，吃得少，動得少，所以長壽。但是石塊更比烏龜長壽，原因是烏龜還有覺，石塊連覺都沒有，所以它能長壽。人的軀殼雖是暫時的，靈魂則是永生的。一個人活在世上，其實只是蠶蛹的生活，生命還沒有長成。蠶蛹吐絲做繭，漸漸成形，出來才是蛾。人呢，不會做繭，但死了就殮入瓦盆、木棺，這就是繭，等肉體腐爛，骨殖變灰變土，靈魂悠悠如白雲，這才是永生。」

「那麼一說，欲求長壽，不如求死了？」

「人的累贅，就是這個臭皮囊。人不死，我們永遠還負擔著這個臭皮囊。我們出家人，修煉的就是要靈魂自由，可以脫離這臭皮囊而遨遊六合。道極和尚已是得道，他的肉體雖是坐在那裡，靈魂則可以自由來去，出入自己的軀殼，所以有此覺悟。」

「難道沒有帶肉體升天的麼？」

「那大概不是佛法。聽說耶穌是從墳墓裡出來帶著受創的肉體升天的。」

「我也聽說，但是他是神。」富有的人說。

「這個我不知。」一舟和尚說：「我可是知道釋迦牟尼是歷盡千百世劫，每生都是把肉體捨施給餓虎夜叉，而靈魂悠然升天的。」

「捨施肉體，那麼同自殺有什麼不同呢？」

「施主，釋迦牟尼，見了餓虎餓鬼，慈悲心動，捨身餵虎餵鬼。如何可同自殺相比？」一舟和尚說：「我們佛門子弟，愛生愛天，不忍殺生，怎可自殺？」

這位富有的人，聽了忽然神情恍惚，唯唯諾諾，從山上下來，回到家裡，閉門不出者三個月，以後忽然雲遊天下，不知所終。千萬財物，一無交代，僅留一偈，寫在一張印有西藏佛像的詩箋上。這偈子說：

生死在天，壽夭半片，
烏龜千載，石塊萬年。
蜉蝣白雲，瞬息幻變，
繭化肉身，魂散西天。

笑

我笑。

「這是幹什麼？」你問。

「我不能笑麼？」我奇怪了。

「笑？」

「是呀！」我說。

「是為什麼？」

「為表示我心裡的快活呀！」我坦白地說。

「笑就是快活？」

「也不一定，」我說：「也有一種笑是表示一種輕蔑，那叫做冷笑；也有一種笑表示諂諛，這叫做佞笑；也有一種笑表示諷刺，這叫做訕笑；也有一種笑表示隱痛，這叫做苦笑；也有一種笑表示……」

「真是，」你打斷了我的話，你說：「你們人類，可怕的笑呀！」

於是你說，你到過昆蟲世界，那裡沒有「笑」，當牠們快樂時，牠們奏琴，牠們每一個都帶著可愛的琴。

你又說，你也到過飛禽世界，那裡沒有「笑」，當牠們快樂的時候，牠們唱歌，牠們個個都有一種美麗的嗓音。

你又說，你又到過走獸的世界，那裡也沒有「笑」，牠們快樂的時候，牠們舞蹈。

所以，你說，昆蟲、飛禽與走獸都沒有輕蔑，沒有諂諛，沒有諷刺，也沒有隱痛……牠們有痛苦，就「叫」，痛痛快快地叫，或者是坦坦白白地呻吟。牠們自然流露牠們的情感，牠們沒有掩飾，沒有做作，沒有陰險奸詐，沒有投機取巧……

「所以你不喜歡人類？」我說：「那麼你呢？」

「超人不笑！」你說。

我開始知道你是「超人」，我於是問：

「你從來都不笑？生下來都不笑？」

「是的，超人不笑。」你又說，眼睛閃著不安的光芒。

「你難道不記得，你一周歲時，你母親對你呵癢麼？我記得你在那時候笑過。」

「你怎麼知道？你怎麼知道？」你有點驚慌，像是被我發現了你的祕密。

「我？我？」我開始冷笑，我說：「想當然耳，想當然耳！」

「你這個人類！你這個人類！」你詛咒著。

我又鏗鏗然冷笑，鏗鏗然的。

「你這是幹麼？是笑？是什麼笑？」

「是冷笑。」我驕傲地說。

「為什麼？為什麼冷笑？」

「我發現了你的弱點！」

「弱點？什麼弱點？什麼弱點？」

「我發現了你被一個少女的笑所迷，你顛倒了半生，你痛苦了半生。是不？」

「你怎麼知道？沒有這事，沒有這事。」你認真地否認。

「她先是天真地笑，再是妖媚地笑，接著是假笑，繼之冷笑，對於你忠心耿耿的愛情只是嗤之以鼻，她走了。你從此想成超人，你看不起人類的笑。」

「超人不笑！」你用敵視的眼光盯著我，說：「剛剛相反！是的，我愛過一個美得像雲霞一般的女子，就因為她不笑，我愛得發瘋。可是後來她忽然笑了，我就不再愛她。這個可憐的女子，她還不知道我為什麼不愛她。」

「你知道褒姒的故事麼？」我又笑了。

「褒姒？」

「是的。」我說：「她是一個天仙一般的美人，但是不笑。」

「有這樣的女人！」

「那是上古時候的人了。」我想，你竟不知道褒姒！我接著說：「商紂王為要她笑，用盡了方法，花足了財富，她都不笑，最後他燃起烽火，騙了諸侯啟軍救朝，她才笑。」

「為什麼要她笑？」

「大概，紂王認為女人有笑才值錢吧。」我說：「所以所謂一笑傾城，再笑傾國。」

「愚蠢的人類！」你又咒罵。

「我想你離開那位美得像雲霞一般的女子後，一直是孤獨的。是不？」我說。

「你怎麼知道？你怎麼知道？」你有點緊張。

「如果你有一個伴侶，我想，你一定也學會了笑。」我笑：「而這是譏笑，我看你不懂。」

「胡說，胡說！超人不笑。」你說：「不錯，我一直是孤獨的，因為我討厭女人的笑，天下竟沒有不笑的女人！女人的笑呀，可怕，可憎，可疑！你真不知道她笑裡藏刀，還是藏毒！我一見女人的笑，我就發抖了。」

「你真是被熱石頭燙了屁股，連冷板凳都不敢坐了。」我抓到了你的弱點，我說：「就因為你不會笑，所以你怕女人的笑，如果你會笑的話，當女人笑的時候，你也對她笑。她傻笑，你也傻笑；她媚笑，你也媚笑；她假笑，你也假笑；她冷笑，你也冷笑……這樣，她就沒有辦法對你驕傲，沒有勇氣對你輕視了，只好愛你，只好跟你了。」

「真的麼？有這等事？」你半信半疑地說：「可是我怕學笑。」

「為什麼？」

「你知道我養過一隻狗麼？一隻美麗的大狼狗！」你說：「有一次，牠竟學起人類的笑，咧著嘴，露出凶狠的狼牙，發起狺狺的聲音！真是可怕！」

「那麼，怎麼樣？」

「我只好把牠毒死了。」

「笑是人類所專有。」我說：「狗怎麼可學？」我又說：「神不笑，超人也許不笑，動物不會笑，植物不必笑。做了人類，我們只好笑。」

「你是說，我們注定要笑的了！」

「你是超人，可以不笑。」

「如果我學會了笑……」你說：「你肯教我麼？」
「你不是狗，一定學得成功，我給你保證。」我說：「只要你有誠心、虛心。」
「真的，真的？」
「自然！」
於是你跟我學笑。
你聰明，你是有天才的。
一年，你學會了傻笑；兩年，你學會重笑、輕笑、媚笑、訕笑、冷笑、痴笑；三年，你又學會了吃吃的笑，咯咯的笑，哈哈的笑，哄哄狂笑；四年，你又學會了假笑，苦笑，皮笑肉不笑，肉笑心不笑；五年，你又學會了聳肩而笑，捧腹而笑，彎腰而笑，抿嘴而笑，仰首而笑，拍拍屁股而笑……
於是，你不再是超人，而是同我一樣的凡人！

隱身術

我學會了隱身術。

沒有人知道我是怎麼會的，連我自己都不知道。

原因還在於我生性的膽怯與羞澀。

當我幼小的時候，我總是怕見我父母的眼睛，我躲避他們對我的注意，當家庭裡有什麼賓客或親友來訪時，我最怕就是他們看到我而叫我。在小學裡，我怕老師誇讚我，我還怕點名叫我站出來或者到黑板去，我也怕同學們看重我，推選我，把我推到受人注目的地位。我怕演講，我怕接受任何獎品，我怕被人照相。

等我長大以後，我的膽怯與羞澀似乎越來越厲害，我一直像罪犯一樣躲避別人的注意。我怕見女人的視線。好像年輕的個個都在對我誘惑，而年長的又像個個都在對我懷疑。而男人的眼睛，有的是淫蕩的，有的是凶殘的，有的是諂媚的，有的是貪婪的，我都害怕。我只有躲避。

以後我在一家工廠裡做工，我住僻靜無人的小巷，每天我走別人不走的小路，默默地上班下班，輕輕地說話，緩緩地走路。我永遠低著頭，半閉著眼睛，露出淺淺的笑容。

但是年終的時候，我竟受到了上司的獎掖，說我工作認真，上班守時。我只得裝病不去，請人代領獎狀。而由此我忽然獲得了同事的青睞，有些同事，竟來邀我到他們家去，請我吃飯，要同我做朋友，還有一個同事知道我沒有結婚，一定要把他妹妹介紹給我做朋友。他們善意的帶領我，教導我，叫我張開眼睛，抬起頭，昂起脖子，挺直身子，我也誠心誠意來接受他們的教導。但我只能在極小的圈子做正常的人，一到陌生人面前，我就只想設法躲避。

而奇怪的那個朋友的妹妹，叫做露荻的居然愛上了我。她來找我，帶我出街。告訴我，人人都平等，大家都一樣，不必害羞，也不必膽怯；人都是善良的，陌生的人，來往多了就會熟稔；你無求於人，無負於人，沒有理由要自慼慚愧。

這樣，我果然慢慢地產生了自信，我開始有膽量同人平等相處，但是我必須同露荻在一起。如果叫不應露荻，我就完全同以前一樣，我極想躲到一個沒有人注意的地方去。

這一段時間，我的生活稍稍有點生氣，我也好像多了一些自由。但是沒有到八個月，露荻忽然告訴我她愛上了別人，是一位我們天天見面的同事。這真是晴天裡一個霹靂。我再哀求她也沒有用，她不但不愛我了，而且討厭我，以後也就不同我來往了。

我就此病倒，一病是一個多月。病好了以後，我再去做工，我突然發現人人都在注意我，眼光裡不是譏笑，就是輕視，我再也不敢正眼去看他們，連那些同我比較友好的人。而最特別的是露荻的哥哥，他的眼光我發覺忽然變成一種帶著敵意的驕傲。我躲避他們，我低著頭，默默地工作，靜靜地走路，我不想驚動每一個人，我怕他們同我講話。

而可怕的是我還要碰見露荻同她的男友，他們竟還要同我招呼，似乎表示好感，似乎表示歉意，而我發現他們的眼光是綠色的，像毒蛇的眼光一樣，而假裝的笑容竟也吐露著毒蛇的長舌，我自然必須躲避他們，躲得遠遠的。萬一躲不開，我也一定要遮掩我的身軀，在人叢中，在機器後面，在垃圾堆裡，我必須不再被人看到。

我學習躲避的能力，我試驗遮掩自己的方法。我向昆蟲的保護色模仿，如何使自己與環境取得一個無法分辨的色調，我把我的衣著儘量與我工廠的牆壁同調。我研究變色龍，研究鼬鼠，牠們怎麼把情緒與外表聯繫成一體。

這樣，於是一個奇跡居然出現了。

那是，有一次，在一條狹小的長巷中，我竟碰到了露荻同她的男友。他們輕佻地摟抱著從我對方走來，我躲避無洞，後退不及。一時我緊張得呼吸迫促，滿頭大汗。

而這時，他們像是發現了我，越來越快，越走越近。不知怎麼，一瞬間，我頓感到，我全身肌肉鬆弛，骨骼散脫。我自己覺得整個肉體突然稀薄起來，稀薄起來。我意識到他們再也看不見我，我知道他們已經過去。我好像暈忽了一陣，但慢慢地覺醒過來，我散脫了的骨骼又匯聚了，我鬆散了的肌肉又凝實了。我恢復了我。

就是從那一次開始，這情形，就在我神經萬分緊張時又出現了。先是滿頭大汗，再是肌肉鬆散，骨骼散脫，於是我肉體稀薄起來，稀薄起來，稀薄得像氣一樣，再沒有人看見我了。

我知道我已會了隱身，但這個情形的出現，完全是被動的。

於是，大概一個月以後，有一次，我偶爾回想到那一天在小巷裡，看見露荻同她的男友擁摟著向我走過來時，我忽然自動地緊張起來，我馬上滿頭大汗，接著是肌肉鬆弛，骨骼散脫，我整個肉體像是稀薄起來；我就此發現了這個秘訣。只要我回想到那一次小巷裡，碰見露荻同她男友擁摟走過來，使我進退無路的過程，我就會立時緊張，滿頭會流大汗，接著肌肉就會鬆弛，骨骼就會散脫，整個肉身稀薄起來，我就實現了隱身。

從此我就主動地可以操縱自己，我隨時可使你們看不見我，而我仍可以在你們中間。
這就是我會隱身術的淵源。

裸裝

「你是反對人類裸體的，是不？」你問我。

「是的，」我說：「人類的裸體實在太醜陋了，人類是早已失去裸體的資格。」

「而我，」你驕傲而自信地說：「我現在可發明了『裸裝』。」

於是，你告訴我你的發明。

你說：「我的理論始於中國舞台上的臉譜。」

你說：「舞台上的從面具到臉譜，是一個大躍進。如果人能從衣著進步到裸裝，那自然也是文化上一個躍進，而我，我發明了裸裝。

「裸裝是要人人都不穿衣服，用顏色繪畫使人身有美妙的呈現。」

「你是說要像臉譜一樣，創造『體譜』，要每個人在肉體上勾畫七彩的色、形？」我問。

「這一點不錯，只是臉譜是平面的藝術，體譜則是立體的藝術。」

「可是面具與衣著不同，」我說：「面具是把人變化成另外一種人。衣著，衣著則是表現個人的身分、趣味與個性。」

「那不是同面具一樣麼？是一種改變自己的自然存在。」

「不是！衣服最重要的還是保護身體，是禦寒，是保護我們的體溫。」我說。

「正是，我現在發明的，主要也是我色彩的化學成分。在暑夏時，我用的顏料是發散體溫的，在寒冬時，我的顏料不但是保護體溫的，而且它會放射它所儲增的熱量。前者可以讓熱帶地區的人塗用，後者可以給寒帶地區的人塗用。

「我的發明，一方面是藝術的，一方面是科學的。

「我覺得人類的衣著是一個大浪費。如果世界上人類廢除衣著，代以裸裝，那麼人類的問題就少了四分之一。所謂衣食住行，現在就不會再有衣的問題。而與衣著有關的工廠，如皮革、皮毛、蠶絲、化學纖維、紡織羊毛、布料等都可以改作別用；諸凡洗衣機、洗衣劑都可淘汰；那些裁縫、時裝設計家都應當轉業；而家庭主婦也再不必為洗衣曬衣而費神勞力，更不要說可以節省出不少的時間。」

「可是，」我說：「代之而起的，將是你發明的色彩工廠，還有大批的你所謂『體譜』的藝術家將會應運而生。」

「不錯，」你說：「可是這些色彩的工本極低，大量生產，不過是泥漿一樣的東西。至於體譜藝術，人人可學，而且可簡可繁，我以為將來學校就可有體譜課程，而這可以從簡單的保暖的塗抹，一直到極專門而複雜的繪製。」

你又說：

「不瞞你說，誠如你所說，人的裸體是醜陋的，因為他沒有禽獸的羽毛。現在，我們可以任意創造我們的羽毛，我們可以根據我們的體形與身形而作最美妙的創造。

「我們可以使乾瘦細長身材的老人，繪製成婀娜多姿的竹，我們可以使短矮肥胖的女人，繪製成巧妙美好的蜜瓜。

「那些乾癟下垂的乳房，可以繪製成籬邊的茄子，鬆弛顫動的臀部繪製成風中的芭蕉。那光禿的發亮的頭頂，可以繪製成教堂的圓頂，那佝僂歪曲的背脊，可以繪製成古拙的松樹。

「不用說，所有皺紋、汗斑、肉刺、贅瘤都將在巧妙的畫筆下消失，而陰影背景的方法就很自然的掩蓋多餘的脂肉，而龍飛鳳舞的線條可以使現實的肉體變成抽象的畫幅。

「如果我的理想實現，則熙熙攘攘的人群馬上都是美麗的畫幅與塑像。人再不是千篇一律的圓顱方趾，披著貧富不均的衣著的肉團。而是個個不同的『造型』。人與人之間再沒有豪華與襤褸，闊綽與寒傖之分，只有審美的趣味之別。

「還有，我的顏料不但驅暑避寒，而且日曬不變，雨淋不褪。」

「那麼，人難道不洗澡了？」我問。

「洗澡，自然，為改變我們的裝飾，我們可能隨時會要洗澡。我早就發明了特製的藥粉與藥水，化在水裡可使體譜一洗就掉，也馬上可以重新塗繪新的色彩。」

「你是說人可以隨時改變你的體譜的。」

「自然，」你說：「正如你可以隨時換我們的衣服一樣。」

「你所說的所謂體譜自然也包括了臉譜了。」

「這可以隨個人自己的喜歡，事實上，當我們改變了我們整個的形狀，一定有很多人會改變我們臉上的化妝。」

「如果這樣的話，那麼我們彼此都無法認識了，比方你今天像一幅山水畫，明天變成一幅抽象畫，那我們怎麼可以認出你呢？」我問。我又說：「而且，如果體譜時時變，那麼許多罪犯就很難追尋了。」

「這不是什麼大問題，人要彼此認識，掛一塊銅牌在頸上就可以了，談到罪犯，現在還不是有化裝術？」你忽然得意地笑了，你說：「問題是怎麼去推動實現這個理想，要全世界的人都不穿衣服而用裸裝，這不是件容易的事。」

「我想，這還要從一個國家開始。」我說：「你是不是可以以身作則呢？」

「我？」你又懷疑地笑了：「我如果用我的裸裝在街頭上出現，警察還不馬上把我捉去了。」

「那麼，」我想了一會說：「我想你應該向一個貧窮的國家建議，你可以用數字證明如果全國的人民用你的裸裝，一年可以節省多少消費，只要一個國家接受，公認裸裝是合法的，那麼靠外交的表現，旅遊業的推動，世界自然慢慢都接受了。」

「正是這樣，」你說：「我原想應該先說服一個獨裁國家的元首。只要他一個命令，全國配發我的色彩，消滅了所有的衣服。比如第一天先叫軍隊改裝，第二天工人，第三天全國公務人員與幹部，第四天農民，第五天全國其他人民，不到一星期，我的理想在一個國家內就實現了。」

「那麼你進行過麼？」我問。

「我進行過，」你說：「我先同非洲一個獨裁的領袖建議，他聽了哈哈大笑，說我的裸裝有什麼稀奇，他們人民一直是裸裝，他現在正要他們文明起來，提倡穿衣服，你倒來叫我開倒車……這樣，我被拒絕了。我後來又同一個共產主義的國家領袖建議，你猜怎麼，他們說我是想用資產階級思想，毒化他們。說是他們的性犯罪案已經很猖獗，要是大家裸裝，不是要泛濫為『一杯水主義』了麼？第二點，他們正忙著普植棉花，要是大家裸裝，棉花將做什麼用？」

「那麼你是失敗了？」我說。

「所以我現在想在自由民主的資本主義國家來推行。我希望有一個大資本家支持我，我可以聘請一千個模特兒，舉行一個裸裝大會。我要請世界有名的畫家與雕塑家來設計體譜。就我所聘請的模特兒的身體繪製各個不同的形態。」

「好極了，」我說：「這是一個很好的構想，你有沒有同資本家接觸過？」

「可是資本家覺得沒有興趣，說除非我已經有了一定的市場，需要辦大規模的色彩工廠時，他們倒有興趣來投資。」

「那麼你打算怎麼辦呢？」

「我想，我們自己來發動。比方說，我們找二十個自願的模特兒，由我來設計體譜，找一家旅館的舞廳裡舉行裸裝大會，邀請社會名流、學者文人、畫家、電影明星等來參觀，一次一次地擴大起來，你覺得可行麼？」

「我覺得這很有道理。」

「真的？」

「這應該是唯一的辦法了。」

「那麼你肯幫忙麼？」你忽然笑著說。

「我？我有什麼能力幫你忙？」

「做我的模特兒。還有你的太太。」

「我？」我說：「不是太胖太矮麼？」

「我可把你繪製成一幅色彩豐富的立體派的人像。」

「那麼我太太呢？她是弱不禁風纖弱的女性。」

「我就是想把她繪製成一株池邊的弱柳。」

「那麼……」我想問的是你將給我們什麼代價，可是你說：

「上帝創造過兩個裸體的男女。我則創造了一對裸裝的男女，你們賢伉儷就可成為裸裝的亞當與夏娃。」

《成人的童話》後記

這裡收集成人的童話十四篇，最先發表的是〈駱駝與蠢馬〉，第二篇就是〈文學家的臉孔〉，署名史大綱，是我十幾年前用過的一個筆名，當時得罪了一群作家，他們動員了不少的打手對我攻擊，於是這筆名也成了罪狀之一。現在時過境遷，再說我寫那篇文章的動機，與後來論戰的經過，大概是有趣的事吧。

那時候，有一位富豪人家的摩登子弟，是中國最年輕作家之一，他是上海第一流洋派大學生，憑六分聰明四分手腕在魯迅身後分交椅。

「分交椅」的事情我是看見過的。孔廟的兩廊坐著不少的人，一直到民國六、七年，還有許多保衛孔道的人，想在兩廊角下占一席地，等春秋二季吃一點冷豬頭肉。但是這些人到底沒有孔子的學識與修養，所以這一席地沒有占到。後來大概自己也不想了，還是謀一官半職，刮點錢，討個把姨太太為好，於是也不再保衛「孔道」。

孔子是久遠的事情，懂得一點時代的，不幹這個把戲。近代的投機家總是在名人屍體未冷時，趕快去同它接吻的；所以徐志摩死後，一般青年大家做「我與志摩」的八股，這好像是名片上刊些「元帥府中尉的小舅子」一樣，無非是想在名人的身上沾點光，表示自己也不是凡人而已。

魯迅死後，有一兩個年長的作家寫幾篇「我與魯迅」的文章，年輕無關的孩子也模仿著來寫。

但是這不是聰明的辦法。聰明的辦法，是在自己的作品中間多拉一點魯迅的關係。這在志摩作品中不容易拉扯，這因為志摩是一個詩人，沒有多方面論爭過什麼社會。魯迅則是一個戰士，一個社會諷刺家，作品中談論的範圍極廣，所以拉扯是非常便當的。公式大概有幾種：

（一）當魯迅先生在某某刊物發表「××××」的時候，我覺得有幾點可以說的，所以寫了一篇「×××」同他討論，現在我覺得還有一點意見……

（二）……所以魯迅先生在談這個問題時，他說：「××××××」。

（三）……因此，我覺得魯迅先生的意思是指「……」而言，可是現在社會情形不同，所以我以為是「……！」因為假如魯迅先生還活著，他一定也會同意的。

當文章寫不出的時候，用這樣的辦法是很好的，因為抄一段魯迅的原作，加上論一段魯迅的原作，寫一個年月日已經有一兩千字。一兩千字的文章，原是魯迅先生專長的雜文形式。因為中國沒有第二個人能夠寫得這樣扼要、鋒利與深刻。不過文章雖是有了，可是說得徹底一點，這只是用饅頭蘸飽戰士的熱血，醫自己「無文可寫」的癆病罷了。但是這些青年真是有這癆病麼？別人我不知道，我只知道這位聰敏漂亮的朋友是不見得的——假如他肯少學洋場的惡習，埋頭用一點功的話。

為這個原因，我寫了一篇〈文學家的臉孔〉，雖然是有點開玩笑的性質，但是我用意實在是良善的。我並不反對學習魯迅，但如果真是學習的話，從基本的精神與修養去學習大概總比較為對吧。

那麼我為什麼用這個久棄的筆名呢，這因為我反對文章裡嵌滿名人的名字來自榮的人，而那篇文章偏偏多名人的名字，所以我想用個筆名也許可以避免別人來罵我吧。但是羿矢先生就從我名字開刀，說是影射史大林，有不測的奸惡的存心。這篇名文題作〈臉譜主義者〉，版權所有，不敢轉載。他在罵我影射之罪外，還從他從前校師的臉譜，罵我自己畫出了洋場惡少的臉孔。最後是：「老實說，我今天不要有這類『五色旗』的臉譜主義者，如果有，我們要撲滅他。」

在同時，還有一段韻海先生的補白，他是用看相算命的方式來罵我的。

我當時寫了一篇〈臉孔與臉譜〉來答覆他倆，現在我把全文附在這裡，因為隔幾年以後，我還可以知道我在那裡是說些什麼過：

〈臉孔與臉譜〉——謹覆羿矢先生與韻海先生

對於臉譜，我不很了然，對於臉孔，我想是知道一點的。雖然我也行年三十，可是知道的實在很少，因為多數臉孔都有假面具掛著，要不是有先覺們揭穿，到現在也許一個還不知道。說到洋場惡少的臉孔，因為揭穿這副面孔的是魯迅先生，他揭得非常徹底，所以留給我的也特別明顯。

記得那是攻擊魯迅先生一群人，已經到沒有什麼可以爭論的時候，於是有人用一副陰狠獰笑的派頭，指東說西地說起來：

「儂的一副黃牙齒……」

「儂的一頭長頭髮……」

「儂的名字是魯迅，根本就是譯英文Russian。騙青年入甕，糖衣裡責毒藥……」

這種用私人身上偶然的，自然的，一副牙齒，一個名字，來攻擊人的那些「臉孔」，雖然帶著多麼官派的假面具，揭穿了原來是一副洋場惡少的醜臉孔。沒有魯迅先生揭穿，我也許到現在還不曉得，但是現在碰到這樣的洋場惡少，古今對照，我再也不會受愚了。

後來我多看了一點社會上的與別人書本裡記載的人類、狗類的臉孔，我才發現了這副洋場惡少臉孔，並不是獨創的，而是從封建軍閥地方偷來，畫人家以臉譜的方法。北伐到武漢的時候，我知道南方青年有的早已做了官了，大概不知道北方青年有多少都被褚玉樸、張宗昌之類殘殺。但是殘殺之前必須給你畫一個臉譜。起初自然給你畫一個「赤匪」的臉譜。據我所知，先是用從你居處中查出的「主義」「思想」一類的書，抹在你面孔上做「赤匪」的證據。後來因為那般軍閥派出的便衣偵探太多，薪俸發不出，軍閥們以他們無功為辭，於是他們大捕青年，舉凡一條紅領帶，一本紅書面，一塊喜幛以及姓名上有一點特別，或者有一點古怪，就可以將你捉去，用私刑叫你供認的。我史大綱當時得免於患，不知是不是因為這般流氓不學無術，不識國外史大林其人，還是封建劣根性，中國事情中國辦，沒有現在受過了新式教育的洋場惡少的會東拉西扯，再或者是因為那時北平報紙譯Stalin概譯作史太林之故，我的名字也還普通是實，所以臉譜沒有被畫到。

以後據說「赤匪」之罪，易獲青年們同情，勒令一律與土匪同稱呼，那時的臉譜畫法又是一種。提到一個青年，假如你的名字是王順叔吧，他可以說昨天提到土匪叫王發叔，一定是你兄弟，假如我的名字是史大綱吧，他可以說是有土匪叫「大頭」的供我是他的同幫。於是證據確實！

這個情形下做人是難的，只要那群流氓同你有一點點私隙，譬如馬路上碰他一下……你就很難脫網，比方你的外號叫做巴兒人，他可以提出一個囚犯，自認他的外號是巴兒狗，例歸同宗，又是證據確實。容易固然容易了，但是至少要利誘囚犯來做證據，還是有點麻煩。可是在機會湊巧的場合上，文人們不再麻煩地仿此來畫別人一筆臉譜，則是後來常見的事。如：

「豐子餘？我不知道豐子愷還有一個弟弟！」

「現在文壇上好像有個巴人，這是借巴金的名，以光身分的。」

但是這些無非是不負責任一點拉扯，還沒有把「魯迅」解作Russian，史大綱解作Stalin，糖衣裡賣毒藥，目的是在殺人的。總之，畫人臉譜的手法，歸納起來可以有兩種：

（一）將你身邊一點東西名字，不論是偶然的、自然的，畫在你臉上。

（二）類扯別人的罪惡抹在你臉上。

所以將魯迅解作Russian，史大綱解作Stalin在手法上還是屬於前者。

至於我史大綱同文化叛徒扯在一起則是屬於第二種了。

所以這是糖衣裡的毒藥，含血噴人，陷你於不拔之境，並不是很有人氣的「他媽的，照鏢」。以「照鏢」來論：真有「鏢」會「打」，叫別人來「照」，我也是佩服的。但是手裡一無所有，嚷著：「他媽的，照鏢！」我終覺得同阿Q的「我手執鋼鞭把你打……」一樣，是舊戲裡的濫調，對於「大敵」，實際上只是暗地裡哼哼就算了。但是可怕的「含血噴人」，把臉譜畫在自己人的面孔上，以泄私恨。不過含血噴人還要一分噴的力氣，這手段刻毒還不夠有閒，有閒的是「心坎中的」罪名：

「你雖然沒有暴動，但是心坎中是……」軍閥時代這樣判斷過人死的。

「他們在抗戰浴血，但是心坎中還不是升官發財！」漢奸們的理論。

「他們滿口抗戰救國，但是心坎中何嘗不是同我們一樣只想發財。」奸商們的話。

於是有位韻海先生在握起筆「沒有話說」的時候說：「筆底下魯迅，高爾基，心坎中『小姐』『安琪兒』……」

用這「心坎中」的判罪法，殺人似乎用不著拉扯什麼證據了。

但是可惜的是這些文章都發表在《魯迅風》上！人縱然敬仰魯迅，但對於《魯迅風》能不認為「糖衣裡的毒藥」？

自然我還可相信，也許這只是為撲滅「史大綱」個人，不過是「流行文章」的「私事」而已，並不是受《〇〇報》上買賂，來強調分裂者破壞統一戰線的——但這自然因為我對於羿矢先生之流還有點信任，不過叫不知道的人看來，這就有點不容易說明，因為如果只是私人的嫉妒或「嫌隙」，實在用不著含血噴人，採用封建軍閥、洋場惡少畫人臉譜的方法的。

我是不讀《〇〇報》之類的，謝謝羿矢先生告訴我他們的「硬加派別」、「強調分裂」的伎倆。但是羿矢先生近來文字工作上有沒有這種「一鼻孔出氣」的臉孔呢？如果不願照照鏡子，那麼只要羿矢先生深夜捫心自問，自己就可以知道。

就以這篇「臉譜主義者」為證吧。羿矢先生對於《自由譚》的態度，實在是不但「強調分裂」，而且還有是向敵人「告密」的嫌疑。

《自由譚》的編者是美人項美麗，內容對於抗戰的主張與態度如何？有《自由譚》為證。現在是被指出邵洵美，而且指出了其兄弟邵式軍。但是讀報的人大概不會忘記游擊司令熊劍東部下也有一個邵洵美的兄弟。自然，邵洵美是邵洵美，有個好兄弟固然不能保證洵美是好，有醜兄弟也不能論斷洵美是壞。當文藝協會通電討周作人的時候，對於魯迅先生及其他的兄弟難道我們不尊敬了嗎？

現在有許多人看到魯迅先生往日日友的態度，因而對於魯迅先生發了許多非議，這種非議原是抗戰前就有過的。但是想不到《魯迅風》中的作者也這樣非議人家了。

羿矢先生最好先讀讀全部《自由譚》，提出內容作詳細的批評，假如為一篇被認為「私人的嫌隙的氣憤」之區區〈文學家的臉孔〉，就要「開出名單」「硬加派別」「強調分裂」「含血噴人」，那麼雖然我個人相信羿矢先生還不至如此，但在大眾看來，終不免與《□中報》有一鼻孔出氣的作風——這作風實在不是屬於魯迅先生的，倒是屬於這些本來就是封建軍閥，洋場惡少的種子的。羿矢先生本意不過為「私人嫌隙」要撲滅史大綱，但是被叛徒們引為同志，捫膺自問，扼腕的當是羿矢先生自己。

說到我史大綱，不過是一個平凡的百姓，當騎士們發著各色各樣的論戰，吃講茶時候，我只希望自己人少流點血。大敵在前，英雄們顯身手不當在自己人「私鬥」裡。好容易看到喘息定了，旗幟揚處，鼓聲起來，以為一定是大隊騎士在臨大敵。不用說，老百姓是當追隨驥尾，搖旗吶喊，但是出來的竟有人揮著花線飄揚的柳條，嚷著「手執鋼鞭把你打……」滿口含著豬血，在自己伙伴臉上噴著，算作人家的臉譜，誇作自己的戰績。目睹之下，略有肉麻；肉麻以後，不免有個寒噤，其中實在沒有什麼「嫌隙」的。

「大家一起努力幹」這句話是對的。但是崗位不同，小意見，及枝節不同，各幹各的，也並不壞。至若毫無誠意，含血噴人，強調分裂，縮小陣線，為憤私人嫌隙，欲雕人臉譜而撲滅之，則對於叫一個史大綱之小百姓，名字既然犯煞，臉譜容易雕刻，撲滅自然容易。無奈其如萬萬的大眾何。

以張作霖、張宗昌之殘忍跋扈狂妄荒謬，所撲滅者為數亦不算少，但是新生的還是更多。那麼雖然羿矢先生從「師範學校」學到了：「紅閃閃」，「黃牙牙」，「藍央央」，「白灰灰」，「黑層層」的五副臉孔來仿張作霖輩的老調，雕人以臉譜而撲滅之，可是日子一多，大家看得清楚的反是羿矢先生的五色面孔。

發表這篇文章以後，有人勸我請個律師，因為他聽到「司太令」的電燈泡廠要訴我竊取了這個商標，但是我沒有去辦，這倒是幸虧羿矢先生指明有蘇聯領袖史大林同志在先，使我想到我可以辯護：它的這個商標原是影射史大林先生的。我現在這裡特別向羿矢先生致謝。

此後，有吉力先生發表了一篇〈從「寓言」到「童話」〉的文章，說這篇〈文學家的臉孔〉是「全部油滑」「找不到一點『諷刺』氣息。」原因是把「魯迅先生丑角化」了。

這樣的護法我知道，因為民國六、七年前那些衛孔道的遺老遺少們抵抗別人對他諷刺的方法，就是判人家以「侮辱聖賢」的罪名。那就是把別人罵他的話罵孔子，而故意說別人在罵孔子。當時罵孔子是大逆不道的事，所以使別人不敢張口了。

那麼，到底我怎麼樣把「魯迅先生丑角化」呢，據說是「要他跳舞、打網球、叉麻將，而且還要穿了游泳衣泅泳。」

這使我不想再說什麼，我只感到幸虧魯迅先生在日，沒有跳舞、泅泳、打網球，否則碰見了我們洋派大學裡的青年作家，將都要罵他為丑角了。原來這些高尚的娛樂竟只有洋派少年可以享受，別人，即使偉大如魯迅先生偶一為之，也要被比為丑角的。

據說魯迅先生之早亡，就因為工作太多少運動與娛樂之故，但工作是那些青年作家允許，運動與娛樂是那些青年作家認為丑角行為。如果魯迅先生為愛青年而犧牲自己，那麼逼魯迅於死地的，也許這種要剝奪他娛樂與運動的青年，是一個原因吧。

因為據所知，世界大文豪都在跳舞，打網球與游泳。亨利奧尼爾是游泳能手；蕭伯納曾年年在海邊避暑，穿著游泳衣在海水裡玩耍；德國豪布德曼以六十歲的高齡，前些年還在作家運動會中獲得了兩百米短跑的錦標，且亦偶爾打牌娛樂。正如西洋文豪們常玩紙牌「橋」戲一樣，性質上並非中國獨有的消遣。但是的確還沒有人叫他們為丑角。假如在社會學、生理學、心理學、道德學上說來，一個文豪如魯迅先生者有一點娛樂與運動於他與社會是無害的話，那麼把魯迅先生畫成丑角者不是我，倒是想在魯迅的廊下擠一席地的吉力先生。

也許是的，我的那篇文章有點油滑，但是這還是我的筆笨，沒有將這副油滑的嘴臉美化。因為在那篇文章裡，我不過是一個照相師照一個人像，我知道許多小姐們終不怪自己的臉蠢，而怪照相師的照相為蠢的。聰明的照相師會把它修得漂亮，而我只是一個老實人！這副嘴臉，就是想用聰明與手腕，在最懶惰與不努力中做有名的文豪，在最自私與舒服的地位中做勇敢的戰士，他把先輩苦讀勤作的血汗畫在自己臉上，算作自己勞作成績，用別人織成的錦繡包在自己敗絮之外，算作自己的美觀。於是互相呼喝捧場，儼然自己是文豪與戰士了。但是恕我笨拙，我竟抹去了這份血汗，露出這副養尊處優的小白臉，揭去了這份錦繡，顯示了腐醜齷齪的敗絮。這自然是使人家不高興的，但我的本意倒是積極的：「學魯迅也好，但從他的廣博的修養與認真的精神學起來吧。」

可是我最大的罪名還不是油滑，因為吉力先生提到了另外那篇〈專一與永久〉而並沒有指摘，罪惡是在「當今努力提倡『救濟失學兒童』的時候的我們的作家竟然連『童話』也要從他們手裡奪過來給成人看……」這樣的話本來是不必答覆的，但是為使讀者了解我還能寫別的成人的童話的理由時，我寫了一篇〈關於成人的童話〉。現在也附在這裡：

〈關於成人的童話〉

吉力先生在《世紀風》上涉及我在《宇宙風》上發表一篇成人的童話，以為我是要把「童話」從「兒童」身上搶來，而且與我對於救濟失學兒童的提倡有點自相矛盾。其實對於失學兒童的救濟是一個社會問題。童話固然是兒童的恩物，但不是失學兒童的恩物，失學兒童的救濟第一步是在知識與技能上面。而且要讀「童話」，非到高級小學不可，讀文藝性的童話，則非要到小學畢業或者是初中時代才行。所以，假如兒童一直未「學」，或者學得太少，恆河沙的恩物於他也不相干。

寫童話可是涉及作者能力的問題，每個父母都愛自己的兒童，但能夠寫好的童話給兒童的沒有萬萬分之一。第一作者要理解兒童；第二要有關於兒童心理、生理、道德和健康等知識；第三要體驗兒童的行為與苦樂，甚至他情緒的韻律，以及其所用之表情、言語與想像；第四要有表現的技巧。

所以許多大作家對於童話覺得非等到老年不能寫好，那都是失敗者之至言，至於像安徒生那樣的天生的兒童寵人，百年中都難產生一個的。托爾斯泰晚年忽然不再寫《戰爭與和平》《復活》……般的大著作，而從事寫童話起來，恐怕也是他早年的欲望。

我是很想作寫「童話」與「童話劇」的嘗試的，但始終不敢；前些時寫了一篇〈駱駝與蠢馬〉本來是標作「童話」的，但到發表的時候，又懷疑幾個問題，第一所用的字句是否十四歲以下的兒童能讀，第二故事是否會太刺激兒童——使他太興奮，太憤怒，第三文意中是否有害及兒童的心理道德思想的成分。結果，不敢自信，仍舊改用「寓言小說」的小題。

成人的童話不過一篇童話形式的文章，其寓言是給成人讀的東西，絕不是將童話從兒童地方搶來給成人，也不是我從此沒有寫「童話」的欲望，更不是要別人不寫童話，這正如做成人的鞋子，是不一定要兒童永遠赤腳一樣。

高爾基是俄國文藝政策的推動最力的人，對於俄國兒童有許多的恩賜，但是高爾基也寫了一部給成人讀的童話。難道吉力先生也說他是從兒童手中奪來的嗎？

假如高爾基這部書吉力先生沒有讀過，那麼讀讀魯迅全集也好的，因為那裡有魯迅先生的譯文。想來魯迅並不以為高爾基這些成人的童話是從兒童手中奪來的，否則同情兒童如魯迅先生，似乎也有「童話」給成人的嫌疑了。

這樣，問題就大了起來，許多真名假名打手都撲過來了。但大都造謠侮蔑，再沒有吉力先生這樣精微的用意，也沒有羿矢先生那篇「臉譜主義」那樣狂潑的拉扯。我再不想答覆他們。但在深夜倦讀的時候，覺得這些有類「卡通」的嘴臉，在世上的確不少，也許是很好的童話材料，興感所至，又把他寫了下來，但是我怕兒童對於這些嘴臉，不見得會覺得好玩的，那麼還是讓成人來解悶吧。現在也都放在一起。

不過，當我將這十四篇童話編成一集的時候，我驟感到我原來規勸的動機是多餘的了。因為，最近蔡孑民先生逝世，我在未讀到那些與蔡先生相仿年代在教育上文化運動上合作過的人們的文章前，我已經讀到與我相仿年齡的人作的〈我與蔡孑民先生〉一類的以光自己門楣的文章了。那麼我何怪比我年輕的朋友，在某種過程中，有過分好名的動機呢？

魔鬼的神話

風聲

主人是一對中年的夫婦，非常誠懇客氣，可惜他們對於我所知道的言語都不精通，而我對於他們所精通的語言又一字不懂，所以大家只好以笑容來表示無法表達的意思。

他們有三個孩子，兩個女的一個男的，都是十歲上下，非常頑皮，所以只聽見他們的鬧聲。有一位祖母，從房內出來一趟，同我招呼一下又進去了。

這是一個湖濱的農家，芬蘭有幾千個湖，每一個湖濱都是樹林，那個農家就住在樹林裡，國際友誼協會把我安頓在那裡，他們歡迎我這個遠方的客人，讓我在他們家裡宿一晚，在一間完全白色的木屋裡面。

豐富的晚餐開始時，主人不斷地招呼我三、四種酒、大塊的牛肉與乳酪，但是我們只是彼此微笑，他們只懂一兩句英文與法文。祖母只是安詳地坐在角落，我沒有同她多談話，她也只是微笑地望著淘氣的孫子們。

樹林中是斷斷續續的風聲，他們似乎沒有注意它，對我，則是非常新鮮，時時提醒我是在異地作客。

飯後，大家很快就就寢了，我走進那間完全白色的木屋中。一時什麼聲音都沒有，只有窗外林中的風聲，而這風聲竟是一陣大過一陣。

我是慣於晚睡的人，我只好讀我帶在身邊那本《元代散曲選》。書實在薄，我讀了兩遍，才過了一個多鐘點。我只好睡在床上聽窗外的風聲，想想這個，想想那個。一直到隱隱約約聽到外面客廳裡的時鐘聲，才知道已經是十二點。我忽然想到主人客廳裡有一個書架，書架裡也許可以找一本書來消磨時間，我披上晨衣走出去。

但當我打開房門，發現客廳裡的燈亮著，原來那位老祖母正坐在房中方桌上玩紙牌。她自然看到了我，安詳地抬起頭來，微笑著說：

「睡不著麼？」原來她講一口法文。

「我是習慣於晚睡的人。」我說：「對不起。」

「請坐！請坐！」她一面玩牌一面說：「這樹林裡的風聲，你不習慣吧？」

「是的，但這也使我想到家鄉。」我坐下去，從衣袋摸出紙煙，吸上一支。

「你家鄉的家也在樹林中？」她還在玩牌。

「我的家不是。但在許多佛教的寺院裡，往往四周有許多樹林，而我們去山中旅行，總是投宿寺院或庵堂裡。那時候，也常常聽到這種風聲。」

她還在玩牌，笑笑。

「你不吸煙麼？」我問。

「不。」她一面收起牌一面走到沙發上說：「坐這邊來，我們談談好麼？我晚上總是很難入睡的。」

我走過去，坐她的對面，我說：

「你不討厭我吸煙吧？」

「不，不，」她笑著說：「我想喝一杯酒。」於是站起來，走到酒櫃邊，一面問：「你喝什麼？」

「我不會喝酒。」

「我給你少少的咖啡酒好麼？是芬蘭的。」

「好！好！」

回到沙發上，喝著酒，她說：

「你是佛教徒。」

「不，不，」我說：「我不是佛教徒。」

「那麼基督教。」

「也不是，」我說：「我們中國人，好像不一定要信一個宗教，你呢？是基督教徒了？」

「是的，可以說是的。」她說，喝了一口酒，笑了笑：「但我不屬於任何教會。」

「不過你當然相信聖經。」

「聖經，」她說：「我正在訂正聖經，我已經寫了三十六年，我希望我再用三十六年的工夫，可以完成它。」

「這怎麼講？」

「我在寫聖經。」她說：「許多地方我要把它重新寫過。」

「你是說你已經寫了三十六年的聖經？」

「你不信？」她笑了笑說：「我且把創世記那一章讀給你聽聽。」

她站起來，到沙發後面一張書桌櫃子裡找出一部稿子，拿到前面來，回到原座。我說：

「是芬蘭文吧？我不會懂。」

「我譯成法文讀給你聽。」

我調整我的姿勢，吸了一口紙煙，聽她的講讀。

她開亮那盞藍色的在沙發邊的檯燈，開始講讀：

「……上帝用塵土造人，將生氣吹在他鼻孔裡，他就成了有靈的活人，名叫亞當，耶和華上帝在東方的伊甸立了一個園子。

「耶和華上帝使各樣的樹從地裡長出來，可以悅人的眼目，其上的果子，好作食物，園子當中又有生命樹，和分別善惡的樹，有河從伊甸流出來滋潤那園子……祂把造的人安置在那裡，叫他修理看守，耶和華上帝吩咐他說，園中各樣樹上的果子，你可以隨意吃，只是分別善惡樹上的果子，你不可吃，因為你吃的日子必定死……」

她講讀的聲音非常美妙清晰，窗外樹林裡風聲一陣一陣地呼嘯著顯得她的聲音極為溫柔。她歇了一回，喝一口酒，翻閱另一張稿紙。我說：

「這不正是舊約所說的故事麼？」

她不理我，換了一個姿勢，繼續地講讀：

「從那時起，亞當就一個人活在伊甸園裡，快樂自在。他在美麗豐富的伊甸園中，從來沒有注意那善惡樹上的果子，他也從來沒有想嘗試那果子的滋味。這樣不知隔了多少歲月。

「於是伊甸園中，有一天，忽然起了大風。這大風，不是像這樣的風，是一個稀有的風暴，它打盡了所有美麗花草與樹葉，打散了所有樹上的果子。亞當第一次有這個經驗，他躲在山洞裡兩天沒有出去。到第三天風停的時候，他走出山洞，發現伊甸園什麼都被風暴捲走了，只剩比較粗大的一些光幹的樹木，疏疏落落地站在大地上。而偏偏，那善惡樹上的果子，竟是金黃地掛在樹上，在輝煌的晨曦中閃耀著晶瑩的色澤。

「亞當在飢渴交迫之時，就吃了這個禁果。」

她說到這裡，停了一回，眼睛閃出銳利的光芒。外面的風聲一陣一陣呼嘯著，她似乎並沒有注意。我說：

「沒有蛇對他誘惑麼？」

「沒有，沒有。」她好像當時也在伊甸園中一樣的肯定地說：「那時候，根本沒有蛇。那只是上帝對人的考驗。如果伊甸園中當時還有別的果子，亞當當然不會去吃這善惡果的。」

「那麼，女人呢？」

「那時候也沒有女人。」她說。

「那麼……」

「上帝不是當時對亞當說過『你吃的日子必定死』麼？」

「是的。」

「亞當當時就這樣死了。」她說：「上帝當時發現祂創造人的工作竟是失敗了，非常傷心。祂決心要再創造一個更美滿更高貴更忠心更良善的人。祂費了三百六十五天的時光，完成了另外一個人，那就是第一個女人。」

她歇了一會，聲音越來越肯定與洪亮起來，她說：

「女人才是上帝真正成功的傑作。」

「那麼，後來怎麼又有男人呢？」

她冷澀地笑了一聲，微喟一聲說：

「女人，因為看見了死在那裡的亞當，非常可憐，才祈求上帝讓他復活。上帝於是叫女人在亞當死屍的鼻孔裡吹氣，一天吹三百六十五次，吹了三百六十五天才復活轉來。

「於是上帝就指定亞當終身勞苦，一直到死，死心塌地，忠忠心心地聽女人的話……」

她的聲音越來越洪亮，眼光越來越有神，似乎與剛才沉默地坐在飯桌上的太太，完全是兩個人。

我正要再問的時候，那位中年的男子，是她的兒子，突然從房裡出來，他對我打一個招呼，輕輕地走到他母親的身邊，他似乎在勸她去睡覺。我聽不懂他在對她說什麼。

「他總是不喜歡我對人講我的著作。」她說著，忽然笑起來：「他是一個好兒子，要我去睡覺。」

兒子挽著他母親走進內室。我愣在那裡，喝那杯喝剩的咖啡酒。

兒子出來的時候，他用生硬的英文說：

「我母親……聖經……研究……精神有點……你知道，她……她……她寫了三十六年……她要修訂聖經……她說，她已經考證出來耶穌是一個女人。」

「啊，啊……」

「不要相信她的，先生……睡，去睡覺吧。」

我走進那間白色的木屋。

窗外是樹林裡的風，那屬於樹林的風聲，好像一陣大於一陣似的。

一九七六。

盤古氏的故事

很久很久以前，照現代人的算法，少說說也該是億萬年以前吧。神就在計畫創造一個宇宙。第一個設想是宇宙該有多大？第二個設想宇宙裡該放些什麼？

宇宙該有多大——應該是無限，其大無比，是無窮大。

宇宙裡該有些什麼——應該什麼都有，其多無比，是無窮多。

構想完了，祂就開始設計。祂絞盡腦汁，日以繼夜地一年、十年、百年地繪畫構圖。神是萬能的，祂的構想沒有不實現過，祂的創造沒有不成功過，但是這次竟使祂耗費了不少心血與時間。

祂的三個孩子一直緊張不安，因為他們知道父親是萬能而全知的，但無窮大而無窮多是什麼一種東西呢？只要一創造出來，不就已經是有「限」大與有「限」多了麼？他們無法想象，只等待他們父親的成功。

但是，幾十萬年過去了。父親的構想還是毫無實現的消息。他們以前還常常問起，現在他們知道父親的構想已經失敗，祂一定已經放棄了這個計畫。他們也不想再提了，提了怕傷父親的心。

忽然，有一天，神向祂三個孩子宣布，祂已經完成了祂的創造。三個孩子搶著要知道那所創造的宇宙，懇求父親帶他們去看去。他們以為父親一定會帶他們到一個想像不到的角落去看祂所創造的其大無比，其多無比的宇宙。哪裡曉得父親只是從指縫間拿出一粒橢圓形的石子。

「爸爸，這是什麼？」

「是宇宙。」

「爸爸，你想創造的宇宙不是要其大無比的麼？」大皇子問。

神點頭微笑，凝視著祂指縫間的石子。

「爸爸，你想創造的宇宙，裡面不是想裝有其多無限的東西麼？」二公主問。

神點頭微笑，凝視著祂指縫間的石子。

「爸爸，這不是同任何一塊石子一樣的石子？」三公主又問。

神點頭微笑，祂說：

「沒有無窮大的創造，也沒有無窮多的創造。有的，那就是，『生』，是生生不息的，『生』。」

說著，祂把手指一彈，指縫中的石子就飛入太虛。傳說是：

天地混沌如雞子。盤古生其中。一萬八千歲。天地開闢。陽清為天。陰濁為地。盤古在其中。日九變。神於天。聖於地。天日高一丈。地日厚一丈。盤古日長一丈。如此萬八千歲。天數極高。地數極深。盤古極長。

話說盤古死後，宇宙已經長成很大很大，而且還不斷地在生長。萬物也就產生了很多很多，而且還不斷地在產生。可是盤古已經不在了。

皇子與公主們非常傷心，他們對神說：

「父親呀，為什麼要讓盤古氏消失了呢？」

「因為他犯了一個很大的罪。」

「犯罪？」

「犯了狂妄的罪，他以為這宇宙是他所創造的，天地是他所開闢的。」神說。

「那麼是你消滅他的。」皇子問。

「是的，我用雷電把他焚化，用風暴把他吹散。他已經消失了。」神說。

「爸爸，那麼你是不是打算再創造一個盤古氏呢。」

「不了，我不再造。但是你們可以學習著去創造。用你們的智慧，用你們的權力，用你們的愛心。」

……

從此，這三位神的子女，就開始學習創造。

他們用盡了所有的方法，用盡了所有材料，他們無法創造一個盤古一樣的動物。這動物，他們開始稱它為「人」。

幾十年過去了，幾百年過去了。盤古的屍體已經化為了泥土，於是有一天，二公主把一撮泥土塑成一個「人」的腳。腳居然動了。但是另一撮泥土塑成的腳，則是沒有生命的腳。三公主把一撮泥土塑成一隻手，手居然動了，而另一撮泥土塑成的手則是沒有生命的手。兩位公主於是同皇子一起討論，共同實驗研究了幾百次以後，他們發現了凡是能動的有生命的創造，都是有盤古屍灰在裡面的。而沒有盤古氏的屍灰的，則永遠是沒有生命的。

從此，兩位公主與皇子就各處用不同的泥土模擬盤古的四肢五官，塑造了無數的四肢五官，他們把這些四肢五官排列在空曠海灘上。他們檢驗不少的四肢五官是有生命的。而這些有生命的四肢五官竟一個一個在生長。於是，有一個早晨，當陽光照滿了海灘的時候，公主與皇子聽見了海灘上許多的四肢五官都在蠕動，眼睛閃著光亮，嘴巴發著聲響。於是一個長成了的嘴巴竟發出了聲音：

「把我們構搭起來吧，把我們構搭起來吧。」

接著，遠處另一個嘴巴也呻吟起來：

「把我們構搭起來吧，把我們構搭起來吧。」

接著，第三個嘴巴也喚叫起來：

「把我們構搭起來吧，把我們構搭起來吧。」

一霎時，千萬的聲音都叫囂起來，慢慢竟變成一個歌曲：

把我們構搭起來吧，
把我們構搭起來吧，
像你皇子一樣呀！
像你公主一樣呀！
兩個眼睛一張嘴呀。
像你皇子一樣呀！
像你公主一樣呀！
兩條手臂兩條腿呀。

這樣，神的子女真的把這些零件構搭起來，照自己的樣子。

皇子構搭成的是男人。

公主構搭成的是女人。

隔了一天，神發現祂的子女真的完成了他們的創造。非常高興。祂說：

「好的，以後就叫他們生生不息地綿延不絕地去創造，同宇宙萬物一樣。」

盤古就這樣成了人類的祖先。

光與色

現在，當我一說到創世紀的時候，你一定會想到聖經上的第一篇。其實關於創世的神話，幾乎是每個民族每個地方都有的，不過有的沒有紀錄，有的沒有流傳，有的日子久了，與鄰地的傳說融會合流，再加上每地每時詩人的想像，就變成與別處大同小異，反忘去了那個原始的傳說。

神話既然是人想像的，所以它總是有它的地方色彩與民族的習慣傳統，舊約裡所說上帝用男人的肋骨造女人，這正是反映希伯來民族男女不平等的觀念。在我現在要敘述的神話，則是由一個男女非常平等，彼此刻苦耐勞的小島傳來的，所以一開始說法就不同。

據他們說，上帝吩咐了水與陸分開以後，祂就用太陽的光線與雲霓製造了各種的花草果木與飛禽走獸。於是祂就用這些花草果木與飛禽走獸的素質造人。祂右手捏了一個，左手捏了一個，兩個完全一樣，一樣大小，一樣長短，一樣美麗，一樣聰敏；本來無所謂男女，不過造好以後，上帝忽然發現右手的一個身上竟有一粒果子的硬核兒沒有揀出，上帝也不耐煩改動，祂就說：

「好吧，你就叫男人，她叫女人。」

所以，在那個小島上，男女完全是平等的。不同的祇是男人多了一粒硬核兒，但這無關於體力與智慧。

上帝造成了這兩個人，給他們命名，男的叫「光」，女的叫「色」。

祂吩咐光與色住在一個小島上。那個小島，一天有二分之一天是亮的，二分之一天是暗的，上帝叫他們「日出而作，日入而息」。祂給他們兩個人完全一樣的工作。也給他們一樣的遊玩娛樂。上帝說：

「人是要勞作的。那些不勞作的花草果木、飛禽走獸，當專給你們消遣玩，作你們勞作的調劑。在你們接納它們時，我叫花草給你們以馨鼻的芬芳，果木贈你們可口的甜美，飛禽獻給你們悅耳的歌唱，走獸供你們以娛目的舞蹈。」

光與色就遵守上帝的命令，兩個人每天按時勞作，工畢休憩，相偕在清風明月之中，奔走嬉戲，摘花摘果，聽鶯歌鵲吟，觀鹿舞兔蹈，生活過得非常快活。

可是一個月以後，色忽然懶惰起來。有一天，她竟在太陽出來許久時，還不起身。光就去叫她，她說：

「忙什麼？你先去做工好了。」

光就一個人出去做工。色來上工的時候，太陽已經曬上了山，等太陽下去的時候，光可以休息了，色則還沒有完工。

根據平常的習慣，兩個人是一同做工，做完工，一同到各處去遊玩的，如今色既然沒有歇工，光就祇好等在旁邊。

這時候；太陽早就隱沒，星兒已經明遍了天空，那些平常等光與色遊玩的花草果木、飛禽走獸，這時候都發著香，貯著甜汁，唱著歌，跳著舞在期待他們。

光等得不耐煩，他就對色說：

「讓我幫你把工作快點做完吧。」

光就幫色做完了工，兩個人一同都遊玩去。

誰知這一次以後，色竟每天遲遲不上工了。她總是到日入的時候需要光來幫忙，如果用現在的時間來說，本來兩個人大家要做十小時的工作的，現在色祇做八小時，光則要做十二小時。後來色上工的時間越來越晚，變成祇有六小時在做工，於是光就變成做了十四小時的工作。

忽然有一天當光做了一回工，去看色的時候，發現色竟不是在睡覺，而是在玩耍。她對著流水在照自己的身軀，把綠色的樹葉，紅色的花草在自己身上綁紮披掛。這一下，不知怎麼，忽然發現了色的身上同自己有點不同了。他要求色去了樹葉花草讓他著看。

「你每天都看見的，有什麼稀奇？」色不肯給光看。

其實色的話沒有錯，光應當每天都看見色的身軀的。但平常光竟毫不覺得他自己與色有什麼不同。今天看到她披掛著紅花綠葉的時候，突然覺得稀奇了。

其次，光竟在色的身上聞到了一種芬芳。這芬芳原是發自紅花綠葉，上帝曾經吩咐過這些紅花綠葉是給人娛悅的，所以每當人接近這些紅花綠葉的時候，它們就發出天然的芬芳。如今色披掛著紅花綠葉，光就以為這是色的芬芳了。

光想親近色的芬芳，光想拉開這些紅花綠葉看看她的身軀。

色半推半就的捨奉了一點，於是說：

「那麼，你替我把工做好。」

光答應了她。於是那一天光做了二十小時的工作。

從此光再沒有時間遊玩。

而色則每天不用工作，一切花草的芬芳，飛禽的歌聲，走獸的舞蹈部被色所佔有，她從此永遠掩藏著肉體的祕密，每天給光一點點施捨，來指使光為她忠誠地做她應做的工作了。

日子一多，色因身軀不見太陽，皮膚變成纖白嬌嫩，因不再勞作，手足變成纖巧柔美；而光則越來越黧黑粗糙起來。

等色把下體捨奉給光的時候，光的勞作已經不用色來吩咐，好像是上帝當初就吩咐他該做二十四小時的工作了。

於是上帝說：

「既然這樣，男人就注定每天勞動好了。女人呢？一種是採氣花草果木的芬芳，飛禽的清歌與走獸的舞蹈捨奉男人，專充男子勞作的調劑；一種則為男子養孩子。」

這是以後的社會。

從那時起，男人就造出男女不平等的學說。

有人說，那位上帝沒有揀出的果子的硬核兒，是代表骨氣的，所以男子比較可信用與不懶惰。但這是男人的說法，上帝並沒有這個意思。

上帝造男女原是完全平等的。

過去與未來

魔鬼指揮過一個人。

那是一個女人，非常富有，十分健康，也長得很美麗聰敏，家裡有父母兄弟姊妹，都很愛她，於是大家都以為她是世間最快活的人了。

但是並不。

沒有人知道她不快活的原因，她的朋友們固然不知道，她的爹娘、兄弟、姊妹也不知道，但是她的確不快活。

她的不快活是從什麼時候開始的呢？那是九歲那年，她在小學三年級的時候。有一天她們的老師誇讚她，說她的功課好。但是下課以後，她聽見幾個同學說：

「有什麼稀奇，她比我們大一歲呢！」

從此她就回憶六歲那年的生命。那年她在家裏玩耍，沒有上學，要是那年上學了，八歲不已經是三年級了麼？於是她真想念八歲那年的生命。從那時候起，她不再關心現在，只關心過去。

十七歲的時候，有一位很漂亮可愛的少年，非常敬慕她；但是因為她在想念十六歲時代的生命，她沒有理會這個男子。要說她初戀，是十九歲那年。她開始同一個男子接吻了，她自然也感到甜美；但是她想到十七歲的生命，深悔當初沒有接受那個比現在這個男子還漂亮的人相愛，她又在悔痛之中了。從此對於這個男子再不感到興趣，她捨棄了他。

那時候她在中學。有一天聽一個少女奏琴，博得許多掌聲。她也開始學琴，但每遇到困難的時候，她總想要是她早學一、二年，這個困難早就克服了。於是她在苦痛。

她進大學以後，對於學問世事，慢慢接近，但是她終覺得中學生活沒有好好過。現在好像有許多技能學起來都太慢，而這些技能，是社會與交際所必須的。

有許多同學追求她，她同他們來往得不壞。但是因為不壞，她回憶到她十九歲那年追求她的男子，要是同他一直交遊著，不是可以多過幾年快樂的生命麼？

大學二年級的時候，她轉學到大都市，那面她有更大的享受，大的電影院，華麗的飯館，時髦的跳舞場以及光怪陸離的百貨公司，……但是她在享受之中，總後悔怎麼不早就到大都市來呢？

現在她已是交際小姐，社會上到處對她歡迎，男子們個個對她傾倒，她非常驕傲，從不輕易給男子們一點青眼。於是她又想到十九歲那年同一個平凡的男子相吻，實在是她一個污點。她睡下醒來，常常在痛苦之中。

不久有不好的運氣襲來，她的母親病危。她回到家裏，母親已是奄奄一息。

「早知道我這樣快要死，我一定不讓你到那麼遠去讀書。」她母親看見她來了這樣說，說完就死了。她陷於非常痛苦之中。從此以後，她永遠後悔著，怎麼不同母親在一起多過些時，而要自己到外面去呢？

悲哀之餘，她回到學校。這時候起，她驟然與法國文學發生了興趣，她非常用功，決志依著文學史讀所有法國文學的名著。但是她隨即後悔了，為什麼早一點不下這個決心，不然不是已經有很多的收穫了？

日子可是過得很快，大學畢業後，人事上有許多變遷。當年頌揚她，稱讚她，追隨她的男人現在一個個都結婚了，偶而碰見她也對她非常客氣與疏遠。同時，她的女同學們也都嫁了人；以前整天在一起歡笑閒談出入相偕的朋友，現在都抱著小孩來看她，談幾句話就要回去；有的不帶小孩，但是心裡終記念著小孩要吃奶呀，要睡覺呀，也不能痛痛快快跟她去看戲。她開始感到寂寞與孤獨。她想還是嫁一個人吧，但是嫁給誰呢？愛過她追求過她的人都結婚了，比她年輕的人自然不來追求她，這個年代已經有別人占據了她過去的光榮時代了。地位低的人她自然不要，地位高的人，她也望不到。她於是後悔過去的生命，當她碰見遇去愛她男子非常溫柔對他的妻子時候，她覺得當初怎麼不接受他的愛情而同他結婚呢？

她回憶著過去而痛苦著，日子悄悄的過去了。

最後她勉勉強強嫁了一個人。這是一個大學教授，也很富有，他有三個孩子，妻子死了，有人介紹，所以就同他結婚了。婚後生活非常平庸，丈夫沒有熱烈的感情，雖然不見得不愛護她，但更甚的是要愛護他孩子。她在回憶之中，覺得過去的生命實在過得太可憐，她想最好讓她再從大學一年級時代做起，她可以好好的重新做人。但是這並不是錢可以買到的，所以她永遠在痛苦之中。世上僅有錢可以買到的幸福，但是她不去求，她不屑要，她要的是過去，但是過去是回不來了。

她對她丈夫很冷淡。丈夫要帶她去玩，她也沒有什麼興趣。對於不是自己生的小孩，她也不覺得有什麼可愛之處。有時候她也想到要是她早就同丈夫結婚，這些小孩都是她生的，是多有意思，但是這也是過去了。她自己沒有養小孩，可是她丈夫後來就死了。

丈夫死後，使她想到自己的錯誤，她竟沒有好好的同她丈夫過結婚的生活，她只希望這時候再回到剛剛結婚的日子，讓她重新好好過這段結婚的生活。但是這怎麼可能呢？

不用說，她有許多錢，丈夫也留給她許多錢。但是她不想也不愛用錢買目前的幸福。她懷念過去，但過去在人類並不是現世，而是前世的事，不是錢可以買的。

於是她漸漸老了。雖然不是他親生的，那三個孩子對她也很好，但是她總是沒有興趣跟孩子享受世界的繁華。一直到六十歲的時候，她病了。她病在床上，不覺想到這三個孩子對她的孝意，但是她竟沒有好好享受這三個孩子的愛情。要是在丈夫死後，就好好地生活，不是還有一段寶貴的幸福麼？

這場病總算好了，但是她已經不能享受；不能吃，不能走，不能看，就是想跟孩子們到外面去走走玩玩，也不可能了。

七十多歲，她吐出最後一口氣。但是她沒有過著人生。她一生都在過去之中過活。

天神也指揮一個人。

那是一個男人，很窮苦，生下不久父母都死了。六歲的時候，就做人家的牧童，睡也睡不好，吃也吃不飽，冷天沒有衣裳，熱天要曬太陽，人世還有比他再苦的人麼？大家都這樣想。

但是他並不覺得苦。

他想到將來，他把三吊錢一月薪水積蓄著，每月數著積存的銅錢，非常快活過日子。他希望一年以後可以買來兩隻雞。

一年以後，他果然買了兩隻雞。他很快活，他把這雞孵蛋，好好的飼養，預算下半年有群小雞。

小雞有了，他賣去這群小雞，於是買了一隻小羊。他希望羊大起來，羊果然大了。慢慢他養了一群羊，他不做人家的牧童，他自己築起一點茅屋，養羊養牛兼種田。沒有十年，他很得發。他已經積了不少錢。

但是他還是吃得不飽，穿得不好，也不雇人幫忙，勤勤苦苦自己工作。因為他想到將來，他希望將來娶一個洽意的太太，一同到城裏去玩去，那時候可以花點錢。

日子快活地過去，雖然他生活很苦。錢已經足夠討一個太太了，也有人同他說親，但是他不要，他想賺更多的錢娶一個更好的太太。因此他更加刻苦，更加勤作。

後來，一個美麗的洽意的太太娶到了。但是這太太很會花錢；他想到未來，未來還要養孩子，他更加刻苦努力，一點也不享受，他想一旦有了，就可以一同快活了。

果然有了孩子。但是他的錢已經被他美麗的太太用完，她而且捲了一點首飾跑了。但是他並不痛苦，他想到未來，他還可以工作努力積錢。

於是他早起晚睡，四年以後，他又有很多的錢了。他很想到城裡去玩，也很想看點沒有看過的東西，吃點沒有吃過的東西。但是他想到未來，他還有孩子想好好教育他，等他們賺錢發財了再來享受。於是他還是刻苦工作。日子都在未來的希冀中過去。

他自然也想再娶一個太太，但是他想是慢慢來，多賺一點錢再說。兒子已經上學了，他更加刻苦地工作。

他看看兒子一年一年大起來非常快活，他想到兒子結婚的時期也快到了，他於是更加努力積錢。

錢果然多了，他於是去做點買賣，沒有幾年，他居然非常富有，受他兒子的鼓勵，他搬到了城裏，城裏生活程度較高，這使他更捨不得花錢，更努力於賺錢，他想等兒子學成做事，娶了太太，他終可以到世界去享受了。

他的希望都實現了，兒子果然娶了太太，但是並不能賺錢，他還得給他們錢花，他想等兒子學會管理他的事業，他一定可以享福了。

兒子不久就學會怎麼守他父親的事業，他也勸父親可以安逸享享福，要吃吃一點，要穿穿一點，要走去走走吧。但是做父親的不放心，因為兒子快養孫子了，還有悠遠悠遠的未來。他想到一旦有了孫子，生活夠多麼完滿呢。

於是有了孫子。他還是打算盤，數存款，他遙念著未來，他想要是有兩個孫子在學校裏讀書，家庭可更加豐富了。

兒子再三勸他不要太省錢刻苦了，他可不肯。有一天兒子一定要他外面去走走，他吃了不少沒有吃過的東西，玩了不少沒有玩過的地方，回到家裏他病倒了，他發現已經沒有什麼未來可以容許他享受。那麼應當很悲哀吧，但是並不。

因為他相信了宗教，宗教告訴他靈魂是不死，人還有無限的來世。他用許多錢去做佛事，他遙想著無限的未來在等著他。

他雖然老了，不能夠再幹算賬的事情，但是他並不休息，他每天早起晚睡，誦經念佛，因為他謀未來的幸福。

七十多歲吧，平靜而快樂地死了。他一生很快活地在未來之中過活。

這兩個人，一個一生都活在過去中，一個一生都活在未來中，但都沒有過到人生。這因為「過去」是屬於魔鬼的，「未來」是屬於天神的。天神叫人想未來，魔鬼叫人想到過去。這兩種力量置人於「現在」之境，人類只有力量把握現在。過去完全靠記憶，是有限的；到八十歲的時候，也只有八十年的過去。未來完全靠想像，是無限的。剛入世的孩子沒有過去，但有無限的未來；八十歲的老翁有八十年的過去，但也有無限的未來，因為宗教告訴我們來世是無限的。人類所有的只是一轉瞬的現在，而這現在立刻就要變成過去。

所以迷戀過去的是魔鬼的奴隸，想像未來的是天神的奴隸；人類是魔鬼也是天神所創造，所以是魔鬼也是天神的奴隸。魔鬼給你沒有理由的痛苦，天神給你空泛的安慰。

那麼真正的人生也許是在一瞬間的現在。那是脫離魔鬼與天神的羈絆，而把握著自己的人。

且極今朝樂，明日非所求。

我聽見偉大的詩人在覺醒時這樣歌唱著。

輪迴

一

憑我記憶所及，我已經做了四輩子人。

第一輩子，我生於富豪之家，一生養尊處優，錦衣肉食。第二輩子，我生在一家貧賤家庭，一生衣不保寒，食不保飢，死於溝壑之間。第三輩子我生而富有，後來家破人亡，淪為乞丐。第四輩子，我生於貧寒之家，後來暴發，富甲全省，耀武揚威，得意了半輩子。

我嘗盡了人間的苦惱，於是，我不得不對神說：

「可以不再叫我做人，好麼？人間實在是太苦了！」

神看來文雅清秀，我不知道是不是就是所謂閻羅王？祂面無笑容，一聲不響，目光灼灼，但並不看我，只是翻看桌上的案卷，忽然說：

「一直不是一個真正的好人！」

「那，那……你是說……」

「如果你是好人，我可以免你再入輪迴，列入仙班。」

我只得緘默不言。想想自己四輩子的過去，的確不是什麼聖賢。

神沒有看我，還是翻閱桌上厚厚的案卷，祂忽然閃閃祂的視線，看我一眼，冷冷地說：

「你也不是一個什麼壞人。」

「謝謝你。」我說，心裡倒有一陣高興。

「如果你是壞人，我可以讓你去做飛禽走獸。」

「那麼，我……」

「你還得去做人！」神鐵面無私地說。

「但是，」我不禁流下眼淚，說：「人間實在是太苦了！我可以求你手下留情，通融一次麼？」

「這是陰間，不是陽間；陽間可以講情面，受賄賂；陰間有陰法在，只許秉公辦理。但是你也可以申請。」

「申請？」

「你可以申請。」神忽然從上面擲下一份表格。

表格上的字細小繁雜，我沒有細看，緊張地問：

「你是說填了表格，可以申請做仙人麼？」

「笑話！」神責備似的說：「你不是什麼好人，怎麼有資格申請成仙？你只有資格申請去做飛禽走獸或昆蟲。」

「你是說隨便我挑選哪一種動物，來申請麼？」

「你看表格，就知道了。」神說著就不見了。

二

果然，表格上寫得清清楚楚，如果不是要降生為動物的壞人，人如果自動地不想再做人，是有權利申請做任何動物的。

我研究了很久，考慮了很久，於是我想到莊子的《逍遙遊》：

> 化而為鳥，其名曰鵬。鵬之背，不知其幾千里也；怒而飛，其翼如垂天之雲。

於是我決心申請下輩子去做鵬鳥。

申請書上去不過三個晝夜的變化，神就出現了。祂說：

「我們已經通過，接受你的申請。這裡是……」話說到這裡，祂拿出一個小瓶子交給我。

我看這瓶子裡有七種顏色的藥丸，每種顏色是兩粒，一共十四粒。祂又說：

「你每天吃一種顏色的兩粒丸藥，七天吃完，以後你就會有翅膀。有了翅膀以後，你就要練習飛行。三百個晝夜以後，有一次考試，你考得成功，就可以輪迴為鵬了。」神沒有等我再請教，就隱去了。

我於是就服食這七色的藥丸。七天以後，果然，我背上長出了兩翼健全的翅膀。

我很自然的起飛，但是身體太重，翅膀太小。飛得既慢，不到一小時又感到疲乏，想到莊子對鵬的描寫，覺得自己一定是上當了。

但事已至此，我只好每天練習。而出乎我意外的，我的翅膀在練習中很快就長大起來，而我飛行的速度也進步得很快。我心裡非常高興，我整天在太空飛翔，右面抱著虹霓，左面擁著白雲，越過廣闊的海，越過崇高的山。偶爾在塵世飛過，想到做人的日子，在擁擠的城市中求名求利，真是可恥與可憐。我想到在三百個晝夜以後，我可以考取而輪迴成鵬，這是多麼可慶幸的事呢！

在我這種自滿自大的飛練中，光陰很快地消逝。於是考試的日期到了。

三

這考試分為兩種，一種是速度，一種是遠度。

我兩樣都不合格，原因是我的成績只是人間的成績：速度是大氣層的速度，而別人則是太空的速度；我的遠度也只是大氣層的遠度，而別人則是太空中的遠度。

這時候，神又出現了，祂對我說：

「你真是道道地地的人，只有人的胸襟，只有人的眼光。我想你還是老老實實去做人吧。」

神的話使我痛哭起來，我想到三百個晝夜的飛練之中，我實在只是在享受飛行，並沒有想突破大氣層的大志，並沒有去探窺火星金星與月亮的雄心，我只是一個可憐的自滿自大，以為摸摸虹霓，抱抱白雲，吻吻高山上的孤松就是了不得的成就了！我沒有堅苦卓越的不屈不撓的苦練，我竟沒有看到熠熠的星光，而那些美麗的星星不都在招呼我去接近它麼？我痛哭後悔，一時不能自已。

最後，我問神：

「我還可以有第二次的申請麼？」

「你還不想老老實實去做人？」神說：「根據律法，你還可申請，但你只能申請做走獸或昆蟲，再或者是游魚。你已經失去申請做飛禽的資格。」

神的話，又再度燃起了我的希望，因為我又想到了莊子的話：

北冥有魚，其名曰鯤，鯤之大，不知其幾千里也。

我要了表格，我再度遞呈上去。在表格裡，我特別說明，我做了四輩子的人都沒有飛過，所以考飛禽沒有成功。現在我申請做魚，因為我做人的時候，曾經兩輩子得過世界運動會中長距離游泳的冠軍，自思比較有希望。

我的申請終於核准了，神又給了我七彩的丸藥。我很快就有了健全的鰭，我很輕鬆地去練習游泳，但為不擾亂魚類的生活，我的練習是限定在天池之中。

天池廣闊無垠，投身其中，正如在天空練飛。這次我決心刻苦練習，晝夜不停地在池中馳騁，我力求上進，希望在考試時可以不再失敗。

但是，好像是五天以後，就在我破浪飛躍之間，我看到了我右邊出現了一條嬌小玲瓏的美人魚。我所謂美人魚，是一個同我一樣的人體，具有我一樣的鰭，可是我從她的胸脯與身軀知道她是一個女性，而且是非常美麗的女性。她游得像是人類的時裝表演，娉婷婀娜，輕鬆自然。她頭上戴一頂游泳帽，露出開闊的額角，大大的眼睛，嬌小的鼻子，圓形小巧的嘴唇，露出纖小如貝的白齒，笑了。

我當時停止前進，回頭看她，我說：

「你笑什麼？」
「笑你游得好猛！」
「對不起，我是在惡性補習，要趕考試。」
「我也是。」她說。
「你可以這樣悠閒地預備考試？」
「我是指定考熱帶魚一項的。」
一半為好奇，一半為她的美麗，我就在她的身邊停下來，同她開始有進一層的交談。

四

原來她的名字叫水麗莎，她是天生的一個絕色的女性，很多的男人追求她，每個男人都說願意為她死。於是在她二十歲生日那天，她請了三十三個對她表示過愛的男子，拿起酒杯說：

「今天是我生日，請的都是愛我的，說願意為我死的男子，我今天真的在酒裡放了毒藥，請愛我的人大家一飲而盡。」

當時大家以為這是笑話，舉杯歡呼，真的一飲而盡。誰也沒有想到自己真的服了毒。連她，一共是三十四個人，在一小時後，都魂歸陰府。

她死了以後，根據陰間的法律，她不是謀殺，因為她確是告訴過大家酒中有毒，而三十三個男人有話在先，又都是自願乾杯。她唯一的罪名是她自殺。她被判輪迴投胎，下輩子去做男人。

可是水麗莎不願做男人，她願意做魚，申請獲得批准，所以也到天池來，練習游泳，準備三百個晝夜後的考試。

「為什麼你要輪迴去變熱帶魚呢？」

我知道了她的身世後，不禁好奇地問她。

「我做人的時候養過熱帶魚。在我客廳裡，有一個美麗的水晶缸，缸裡有玲瓏的岩石，碧綠的水藻，以及永遠維持一定溫度的水。我養了四條熱帶魚，美麗無比，牠們在缸裡，渴時有飲，餓時有吃，沒有驚擾，沒有煩惱，逍遙自在，安詳快樂，愛侶長在一起，閒人從不闖入。你看這不是理想的人生嗎？」

「你真會做夢，」我說：「熱帶魚在熱帶的河水中，還不是大魚吃小魚。只有到人的手裡，賣到愛牠的人的缸裡，放到華貴的客廳裡，有一個時時會照顧牠的主人，才可以有你所想像的幸福。」

「你又不懂了。」她俏皮地笑著說：「熱帶魚的祖先也許來自熱帶的河水裡，現在在市場上都是人類培養出來的，牠們一出世就在安定的玻璃缸裡。人類培養魚類，都是為吃，只有培養熱帶魚，不是為吃，所以做熱帶魚，就不會有被吃掉的危險。」

她的話真是聰明！那麼我為什麼要去做「鯤」呢？第一，莊子的話不見得可靠。第二，誠如水麗莎所說，人類要吃各種的魚類，龐大的鯨魚都逃不出人類的魔掌，可是真的不吃熱帶魚。那麼，我同她一起去做熱帶魚不是很好麼？如果我可以同她在一個水晶缸裡，鰜鰜鰈鰈，無憂無慮地過一輩子，這不是比做神仙還要幸福麼？

五

就這樣，我再也不拚命練泳，我每天陪她悠閒逍遙，我已經深深地愛上她。我竟想我為什麼不是她所毒殺的三十三人之一個。但是她說：

「如果你真是那三十三人之一個，我就不會殺你們，我就會選你，愛你，跟你，嫁你了。不瞞你說，就因為那三十三個人之中，沒有一個是我所愛的，所以我開了這個玩笑。」

我們在相愛中，忘記了時日的飛逝，我們也忘記了怎麼樣去求神把我的申請改為熱帶魚。一直到三百個晝夜消逝了以後，我才發覺我們是要在不同的試場考試。

我的考試，不用說，因為沒有苦練，是完全失敗了。我對神說：

「能不能讓我去做一條熱帶魚呢？」

「你只配老老實實去做人了，現在！」神說。

「不瞞你說，神，我愛了水麗莎。她不是要去做熱帶魚了麼？」

「是的，她已經考過，而且成績極好，她可以做她所想做的熱帶魚。」

「那麼，就讓我同她在一起吧！我知道她也是愛我的。」

這時候，水麗莎也流著淚在神面前出現了，她說：

「做人的時候我因為沒有愛，我不知道愛，所以害了三十三個男人。現在我愛了他，希望神成全我們吧，因為聖經裡明明說過神就是愛的。」

我與水麗莎，同時跪在神的面前。

神考慮了好一回，祂對我說：

「你是只配去做人了！而她也一定要去做熱帶魚的。但是，在你二十一歲時，可以買到一條銀色的熱帶魚，純潔美麗，活潑，俏皮，雲一樣的輕盈，花一樣的嬌艷，你可以好好地照顧她，愛她，她就是水麗莎。」

神說完，就戛然不見了。

我終於又到了人間。

我從二十一歲起，我的臥室中就有一個美麗的水晶缸，而缸裡一直養著一條銀色的熱帶魚。

它是孤獨的。

我也是孤獨的。

一九七八、十二、三十一。

地獄

一

沒有再比靈魂脫離軀殼為痛快了。

只有在捨棄了肉體以後，人才能知道這沉重的肉體是多麼累贅呀！

而我們一生下來就負擔養這個肉體。這個嬌嫩脆弱而骯髒的肉體，先是靠父母哺育培養，再是靠社會的支持保護，才慢慢長大成熟發展。於是面對著炎熱的太陽，寒冷的風霜雨雪，面對著各種細菌與各種疾病，面對著社會的各種憂慮困擾，求醫服藥。於是慢慢地衰老退化，最後以至於死亡。

現在，靈魂總算脫離了軀殼。我才悟到，我這一生為負擔這個累贅的軀殼是多麼愚蠢呀！為這個軀殼，我們為維護它的健康，為醫療它的病痛，為保持它的青春，為增進它的活力，費過多少心血，而它終於是老下來，衰下來，終於所謂死亡。

靈魂於是捨棄了這無法維護的軀殼！這時候才後悔這一生為這個軀殼是受過了多少痛苦悲傷與煩惱；為侍候這個無用的肉體，我們又費了多少的心血呢！

現在好了，我看到我的臭皮囊爛在那裡，同許多別的臭皮囊一樣，老的少的，美的醜的都沒有分別。許多蟲豸在咬，老鼠豺狼在啃！而我回想到年輕時，用香水香粉，髮油膚膏在打扮這軀殼時，心裡有說不出的羞恥與自卑。

我不再回顧，我輕快無比地飛翔遊蕩著。

我這才了解了所謂自由。

我的意念就是動力，我的行動毫無阻礙。

我沒有需要，沒有欲求，沒有熱與冷的感覺。沒有飢渴的困擾，我什麼都不依靠，什麼都不憂慮。

我自由自在飛翔著，遊蕩著。

但是我在哪裡呢？

我在虛無的縹緲的中間。

沒有景，沒有前後，沒有上下，沒有去處，沒有來處，我只是存在著，自由自在地存在著。

我享受了一種絕對的自由。

但，慢慢地，我在這絕對自由中竟發現了絕對的空虛。

這時候，我頓悟到我已經經過了死亡。

而死亡竟是靈魂的解放。

靈魂從肉體中解放出來，就獲得絕對的自由。

而這絕對的自由竟就是絕對的空虛。

就在這無可奈何之中，我突然想到，死後不是有所謂天堂麼……？

二

這一念，我忽然到了黑壓壓的靈群中了。

這裡聚集著千千萬萬的靈魂，一樣的靈魂，但竟可以彼此識別。

這裡前面是七彩的山巒，山峰上是山峰，山峰外又是山峰，越高越燦爛，越遠越光亮。大家擠著，排著隊，一層一層地，一圍一圍地，一直到最高最遠，隱隱約約模模糊糊的。

美，真是美！

我站在那裡，我自語地問：

「這是天堂麼？」

「不錯，這是去天堂的路。」一個清雅和藹慈祥的聲音回答我的詢問。我一看，他正是在我的旁邊。

「那麼天堂在哪裡呢？」

「在路的盡頭。」非常和藹慈祥美麗的聲音。

「路的盡頭，你是說在山外山，峰外峰的高處麼？」我吃驚地問。

「一點不錯。」和藹慈祥的聲音帶著笑意，他又說：「就在山外山，峰外峰，燦爛外的燦爛，光亮外的光亮，那面是天堂的門。」他的聲音有奇怪的美。

「你是怎麼知道？」我好奇地問。

「我到過那面。」他非常謙和地輕輕地說。

「你到過天堂？」

「沒有，我只到過天堂的門。」帶著謙和的笑聲。這笑聲真是太美了。

「那麼，你沒有進去？」

「沒有。」

「為什麼？」

「進不去。門太窄了！」他嘆息著。

「怎麼？」我問：「那是一個什麼樣的門？」

「這是光與色構成的門。」他非常小心帶著仰慕的口氣說：「只有絕對純潔，毫無斑污的靈魂能夠進去。如果你的靈魂有一點點斑污，一點點雜念，一點點罪愆，你就怎麼也擠不進去了。」

「你去擠過了？」

「這裡多少靈魂都去擠過，不瞞你說，我已經第三次在這裡排隊了。」他又是謙和地說。

「你說你擠不進去，是因為你還有污點，不夠純潔。那麼你怎麼辦呢？」

「我需要重新修煉呀。修煉到一點斑污罪愆都沒有時，我再來排隊呀。」

「這麼一說，」我說：「那麼我就根本沒有資格在這裡排隊了。我還剛剛經過了死亡。」

「這個，沒有人能夠知道。」他說：「我雖然重新修煉了，可是我還是不知道我是不是到了絕對純潔的地步了。」

「但是如果我去修煉呢？應該到哪裡去呢？」

「一是在陰間裡飄蕩，二是投胎到人間，三是到地獄裡。」又是非常慈祥謙和的聲音。

「我不懂。」我說：「你可以指點我一番嗎？」

「一個人死了，就到了陰間。這是一個絕對自由的天地。在這絕對自由中，你既沒有憑依，又沒有目的。這時候，你一定有各種意念。如果在五百年中，你沒有不好的意念，你也許已經修煉成功了。第二個，就是投胎到人間，你重新做人，如果你在人世達到了絕對的善，那你也就算修煉成功了，你有希望進天堂的門。第三個則是到地獄去，照你過去所染的罪惡污穢，在各種水火風雪中鍛煉，一直你認為罪愆已經燒盡，再去探天堂的門。」

「那麼你呢？」

「我第一次死了就在這裡排隊，排了一百年才到天堂的門，進不去，我就在陰間飄蕩，飄蕩了五百年。我想我什麼不好的意念都未曾有過，以為可以進天堂了，誰知還是進不去。後來我反省到我在飄蕩中感到說不出的空虛，做了幾首詩，詩裡可能有自私心的表現，而這自私的感嘆就成了我靈魂的污點。這污點在我的靈魂上，我就無法擠進這天堂之門了。」

「這樣說來，」我沉吟了好一會，我說：「那麼我還是不要在這裡排隊吧，我終究是無法擠進天堂之門的。」

「怎麼？」

「我也寫詩，還寫小說；還寫，還寫戲劇。」我說：「不瞞你說，都是充滿了怨天尤人，諷刺命運，抨擊社會的東西。」

「那麼，你先去修煉也好。」這是充滿同情的愛意的聲音。

「但是到哪裡好呢——去陰間裡去漂泊麼？去人間投胎麼？去地獄裡鍛煉麼？」

「在陰間裡飄泊，大概要五百年。在人間做人，大概是一百年左右。聽說到地獄裡去，多則三、五十年，少則五、六年——這要看你的罪孽的深淺，以及鍛煉補贖的輕重了。」

他用非常親切與慈悲的聲音對我解釋，我想了許久，不覺悲從中來，我幽幽地哭起來。

我在死後，一時覺得輕鬆異常，靈魂一無束縛，自由自在，飛東揚西，升上降下，好像一無掛礙，到了絕對自由的境界，但不知道過了多久，我發覺我竟是陷在絕對空虛之中——這樣我才想到天堂。如今如果再回到這種真空的境界，要過五百年，這怎麼會受得了呢？而在這五百年中，我如何能保持一塵不染呢？

那麼，還是再回到人間去吧！

可是，不要想什麼人間的複雜、冷酷、腐敗、黑暗了。光想想再要負荷一個可怕的累贅肉體，等它長大成熟、飢餓、乾渴、痛苦、炎熱、寒冷等種種，我就不寒而慄了。我好容易擺脫了這可怕的軀殼的束縛，我再去做人不是太笨了麼？

那麼，地獄呢？我一面哭泣著，一面說：

「看來……也許，也許還是索性去地獄鍛煉些時候吧。」

「你哭也沒有用。我們只有三條路可以選擇。我已經在陰間裡飄泊五百年，我又到人間去度了一生。這次如果我還是無法進天堂的門，我也只有去地獄鍛煉了。聽說，地獄裡各種鍛煉，一定可以把靈魂煉成純潔無瑕的，只要你有勇氣與耐心。」

「那麼，我還是直接去地獄吧。」我抹乾淚水，勇敢地說。

「你真的這樣決定了？」

「是的。」

「那麼，祝你一切順利。」他慈悲地又感傷地說：「如果我進不去天堂的門，我也會到地獄裡來的，那時候我們又會見面了。」

「不會的，你這次一定可以進天堂的，你是多麼肯樂於指點人，幫助人呀。」

「但是……」

「好，再見。等我鍛煉成一塵不染時，我們在天堂見面吧。」我說著想走了，但是我終於有點捨不得離開他，我說：「我可以請教你貴姓大名麼？到天堂裡也可以打聽你。」

「我姓杜，小名子美。」

「你是杜子美？」我吃驚了：「是不是唐朝的大詩人杜甫？」

「一點不錯，就因為我寫了太多的詩，所以我還沒有進天堂。」

「那麼……」

「我知道你是誰，我的詩對你的寫作有很大的影響。你寫得太多，所以你也不容易進天堂的。所以我想指點你……」

「去地獄。」我說：「我不入地獄，誰入地獄。那麼，等我鍛煉成純潔無瑕時，我到天堂找你。」

「也許，也許我會先到地獄找你的。」他說。

三

地獄的門是廣闊無邊的，華麗光亮而美麗。

我一跨而入。

火的鍛煉、風的鍛煉、冰雪的鍛煉、刀斧箭刺的鍛煉；富貴榮華、煩惱苦悶、七情六欲的誘惑、試探；以及愛情、悔恨、妒忌、報復的激沖……

我在地獄裡，足足待了六十六年。

有一天，一個慈愛而充滿同情的聲音出現了：

「你還在這裡麼？」

我吃了一驚，從這奇美的聲音中，我知道他是誰了。我說：「要靈魂鍛煉成純潔無瑕，可真是不容易呀！那麼你呢？你還是沒有走進天堂的門？」

「天堂的門太窄了！」他嘆息著。

「但是你總算看見過天堂的門，這門一定是美極了，是不？」

「這是光與色構成的，是宏偉莊嚴崇高的建築，但當你想通過它的時候，它是窄狹得不容許你有一絲污穢。」他嘆息著，於是，他用非常平靜安詳的聲音說：「我不入地獄，誰入地獄呀！」

他的聲音是美的，是一種奇怪的美。我忽然悟到，這只是真的看到過天堂的門的靈魂才能有的聲音。

一九七八、八、二五。

嘴的墮落

創世記說：「神用地上的塵土造人，將生氣吹在他鼻孔裡，他就成了有靈的活人。」這是很簡略的說法。

其實，神造人是有很細膩與複雜的程序的。

先是，神造好了萬物。

萬物呈現了豐富的色彩，繁多的形狀。

神於是在人身上創造了眼睛，從此人可以欣賞那美麗的青山綠水，奇花異木，以及那千變萬化的，繽紛燦爛的天空。

萬物又呈現了悠揚的音調，變化萬端的聲響。

神於是在人身上創造了耳朵，從此人可以欣賞那美麗的天籟，雷聲風聲雨聲，鳥的歌唱，獸的歡呼，以及各種昆蟲的細語。

萬物又呈現了豐富的氣息，各種的芬芳。

神於是又在人身上創造了鼻子，從此人就可以欣賞樹林的清香，萬花的甜美以及空氣的幽馨與原野的馥郁。

萬物又呈現了豐富的變化，柔軟、堅實、沉重、輕巧以及粗糙與細膩。

神於是在人身上創造了觸覺，從此人就有能力欣賞雨雪霜露的精緻，流水的膩滑，山石的堅實，以及植物與動物的各種輕柔溫軟的感覺。

神在人身上創造了這些以後，最後在人身上創造了嘴。

神說：「我為你創造了視覺、聽覺、嗅覺、觸覺，這是為你對我所創造的萬物的感受。現在我為你創造『嘴』，這是為你對我的感受。這『嘴』是專為你對我『讚美』、『歌頌』而設，你在對我『讚美』、『歌頌』中，接近了我。」

嘴不作別用，只為對神作「讚美」與「歌頌」。

那時候，生物與人都沒有所謂飢渴。人與動物都在大自然中享受聲色的歡樂。動物聽人指揮，而人，運用他們的嘴，專誠地對那神歌頌讚美，得時時接近神。

當然，那時的人生活得真是幸福極了。有一天，神問人：「怎麼樣？幸福麼？」

「幸福極了！」人說：「但是我有一個疑問。」

「是什麼？」神是允許人有發問的自由的。

「為什麼你要把天地劃分了光明與黑暗，白天與黑夜呢？」人問。

「你為什麼要問這個問題呢？」

「因為我們在白天過著熱鬧和諧歌舞歡欣的生活，一到黑夜，就覺得空虛寂寞起來了。」

神於是笑了，祂說：

「你且躺下。」

人躺下後，神就用人的肋骨創造了女人。

創世記的記載在這點上也是非常簡略的。事實上，神的創造女人，也是經過細膩曲折的過程的。

原來，神創造女人，雖是用人的肋骨，但還動用了萬物的精華。那裡有風的縹緲，露珠的嬌嫩，玫瑰的艷麗，楊柳的婀娜，雲霞的燦爛多姿，星月的玲瓏剔透……

這是第一個女人。

上帝於是對男人說：

「我創造了女人，我現在把她送給你。你白天裡在大自然中所享受到的一切，到夜裡，在她身上就什麼都享受到了。

「但是你必須好好帶領她，叫她學習著用視覺、聽覺、嗅覺、觸覺去享受自然，叫她用嘴來對我讚美或歌頌。至於你，你的嘴，除了對我的讚美與歌頌以外，還可以對女人發施命令。」

人於是歡天喜地地領著女人去了。

以後人的嘴有兩種用途，一是對神的讚美與歌頌，二是對女人發施命令。

而女人的嘴呢，只有一個用途，只是用作對神的讚美與歌頌。

日子過得非常快活，他們一同享受神的恩寵，享受大自然供他們的一切。

這樣他們過了數不清的無數的快樂的日子。

女人忽然對於讚美神的功業懈怠起來。

而女人的美妙嬌弱使人慢慢地不敢用命令去指使她，他開始用溫柔的懇求來邀請女人一同讚美神與歌頌神。

「你要我讚美神、歌頌神，我可以跟隨你。」女人撒嬌地說：「但是我要你對我先有點讚美與歌頌。」

人禁不起女人的誘惑，他竟用了讚美神的話讚美了女人。

女人當時竟擁吻了人。這竟是「嘴」第一次墮落！

男子享受女人的吻，發覺這是大自然所未曾給過他的一種享受，他陶醉於女人的甜吻中。

當人從陶醉中清醒的時候，人發現了他違背了神的教誨。

他應該命令女人的變成了懇求。

他應該專作讚美神的嘴，竟讚美了女人。

他還把他的嘴用作了與女人接吻。

他責備了女人，他跑到海邊，用海水洗滌他的嘴唇，對神作深切虔誠的懺悔與禱告。

神原是寬大的慈愛的。

神接受了人的懺悔，允許人的嘴作讚美女人與親吻女人的用途。但祂為懲罰女人，要女人開始懷孕與生育。

從此人就永遠讚美女人。

女人也負擔了生育。

人類就此慢慢繁殖起來，倒也熱鬧愉快。

日子很美麗地過著。

於是，如創世記所載的，女人受了蛇的誘惑而吃了罪惡果，而又引誘人吃它的故事。創世記所載自然也是很簡略的。

原來，這正是女人與人濫用了「嘴」，使嘴有了第二次的墮落！

嘴本是專作對神的讚美與歌頌而設。

後來竟用了作接吻之用。

現在竟用作「吃」果子之用了。

這一「吃」不要緊，萬物中，一切的殘殺就此開始。

本來，所有的動物都不需要「吃」東西，現在因為有蛇引誘女人吃罪惡果，他也開始吃花果。而蛇還宣傳著人類吃果子的事，引起了一切生物的食慾，大家不斷地「吃」起來。牠們先吃植物，後來互相吞食，大動物吃小動物，禽獸又吃昆蟲，大昆蟲又吃小昆蟲，於是野獸也開始吃人。

人自從吃了果子以後，食慾就再無法停止。食慾正如現在的吸毒，一開始就無法自制，人從此失去了應有的尊嚴，每天露著凶毒的眼光去尋找食物，殘殺一切的植物與動物。他們發明了各種陰謀與毒計，捕殺大小的禽獸，他們還發明各種的吃法——烤而食之，烹而食之，剁而食之，曬而食之，泡而食之……

有了食慾，就有捕殺與掠獲，有了捕殺欲與掠獲欲，人群間就有了爭奪，有了爭奪就有了戰爭，人類開始了長長互相殘殺的歷史。

有了食慾，就有了排泄欲，人與動物就有污穢的排泄。從此芬芳的大自然彌漫著臭穢——空氣就有了污染。

人類在謀生的爭鬥中失去了神。

神不再稀罕人的讚美與歌頌，神不再在人的讚美與歌頌中與人晤面。

人的「嘴」現在的用途是：

第一，吃。第二，接吻。第三，吵架。

愛變成恨，美變成醜，諧和變成混亂。而人類開始由凶暴殘忍陰毒獲得的勝利而沾沾自喜，揚揚自傲，露出醜惡的笑容，寫他得意的歷史。

人類自以為是世界的主人，因為他有能力吃一切的生物。這時，慈愛的神再無法忍耐，祂勃然震怒。

祂叫出：

「細菌！」「細菌！」

世界從此滿佈「細菌」，它吃人的血，吃人的肺，吃人的肝，吃人的胃，吃人的腸，吃人的骨髓，還吃人堅硬的牙齒！它還吃人死後的屍體。

世世代代的人類從此被細菌咀嚼。

細菌的食慾正是人的食慾，而食慾則是由人濫用他高貴而神聖的「嘴」而發生的，這就是嘴的墮落的歷史。

一九七六、七、六。

鏡子的來源

耶和華上帝說，那人獨居不好，我要為他造一個配偶幫助他。耶和華上帝用土所造成的野地各樣走獸，和空中各樣飛鳥，都帶到那人面前，看他叫什麼。那人怎樣叫各樣的活物，那就是牠的名字。那人便給一切牲畜，和空中飛鳥，野地走獸都起了名，只是那人沒有遇見配偶幫助他。耶和華上帝使他沉睡，他就睡了，於是取下他的一條肋骨，又把肉合起來。耶和華上帝就用那人身上所取的肋骨，造成一個女人，領她到那人跟前。那人說，這是我骨中的骨，肉中的肉，可以稱她為女人。因為她是從男人身上取出來，因此，人要離開父母，與妻子連合，二人成為一體。當時夫妻二人，赤身露體，並不羞恥。

——創世紀第二章

你相信上面的記載麼？據我所知，那裡有許多故意掩飾歪曲的地方。原因是這記載是男人所編，裡面自然有男人的偏見。我現在想把我所想的寫出來，並不敢求你相信，祇是希望你知道神話永遠是愛情的母親。

話說上帝把「那人」——他叫做亞當——安放在伊甸園裡。伊甸園是一個盡善盡美的地方。伊甸園的氣候是永遠的春天，伊甸園的日光溫煦而不焦熱，伊甸園的風是輕柔而不粗暴，伊甸園的樹木青翠不變，伊甸園的萬花不謝，伊甸園的萬物不老，伊甸園的美景常存，伊甸園是寧靜和平新鮮安詳的極樂世界。

亞當開始覺得非常快樂，他在園中嬉戲遊玩，奔東跑西，摸摸這個，拍拍那個，逍遙自在，一無所羈，但是日子一久，他慢慢的感到了厭倦。他在寧靜中感到落寞，在和平中感到死寂，在新鮮中感到陳舊，在安詳中感到空虛。於是他對著雲天呼嘯，對著樹木呼喊，對著花草呻吟，躺在地上，貼著泥土啜泣，他說：

「為什麼你們竟都不會發出一點聲響，對我的叫嘯、呼喊、呻吟、啜泣有一點點反應呢？」

於是，上帝創造了空谷的迴響。

當亞當第一次聽到迴響的時候，他真是快樂得不知所措；他爬高跳低，跑東跑西，不斷的狂叫，靜靜的聽自己的聲音在空谷中迴旋集攏，欣賞它每一旋律與抑揚；他頓覺得這陳舊的伊甸園有無限的新鮮。

但是這新鮮並不能維持多久，空谷的迴響原是千遍一律的。同現在都市的兒童到山谷裡旅行會發現迴響是新鮮好玩，而住在山谷裡的孩子對它毫無興趣一樣，亞當開始對它厭倦了，他不斷的叫：

「為什麼整個的世界祇有我的聲音呢？」然而響應他總是迴響：

「為什麼整個的世界祇有我的聲音呢？」

「去你的吧，我不要你永遠依照著我的聲音發響，我不要你永遠跟著我的哭笑哭笑，你難道不會不照我的聲音發一點聲音嗎？你難道不會不跟我的哭笑哭笑嗎？」然而響應他還是迴響：

「去你的吧，我不要你永遠依照著我的聲音發響，我不要你永遠跟著我的哭笑哭笑，你難道不會不照我的聲音發一點聲音嗎？你難道不會不跟我的哭笑哭笑嗎？」

亞當望著天，望著寧靜的周圍，心中有說不出的痛苦，他不敢咒詛，也不敢呼嚷，他立志不發一聲，他寧願落寞死寂，但不聽那可怕的單調的永遠模仿他的迴響。

這樣過了很久，上帝開始憐憫他的感覺。

上帝於是用塵土創造了生物。祂在空中安置了飛禽，在樹林山野間安置了走獸，在水流裡安置了游魚，在泥土中安置了昆蟲。祂一一介紹給亞當，讓亞當給牠們命名，叫牠們做亞當的遊伴。上帝的用意是慈善的，祂愛亞當正如現在的父母們之愛子女。祂給亞當各種飛禽走獸游魚，正如現在的父母們為孩子購置各色各樣的玩具。

伊甸園就熱鬧起來。天空中有鷹雁的長嘯，樹林間有鶯鸝的輕唱，山谷裡有虎豹獅象的吼叫，河邊柳下有呦呦的鹿鳴馬嘶，水裡有游魚的唼喋，草間泥隙有喈喈的蟲吟蛙鼓。亞當到哪裡隨時隨地都有了伴侶，他可以抱著小鹿唱歌，挽著老虎散步，伴著豺狼談天，擁著紅熊讚美上帝。不用說，各色各樣的飛禽會聽他的吩咐從空中從樹上飛到他的左右，各色各樣的昆蟲會依他的呼喚從花間草隙出來到他的身邊，各色各樣的游魚會照他意志浮到水面。於是這世界又重復新鮮可愛，亞當再不感到痛苦與寂寞。這世界真已是萬分完美，我們是無法不羨慕亞當的處境的。

但是，假如你自己，或者你見到別人曾經買了許多玩具——一切樹膠、洋鐵所製成的會叫、會鬧的動物與稀奇古怪的飛機、房屋與機械——給孩子，把他放在一個很寬敞美麗的花園裡，你就會知道，幾天以後你的孩子已經不會對這些寧靜、愉快、服從、和諧的伴侶滿意。他一定有他奇怪的措置，擾亂了這寧靜與和諧，創造了糾紛與混亂。亞當也就完全同你我的孩子沒有分別，他在這個新奇的伴侶裡面，竟有了許多奇怪的措置。

同任何孩子一樣，他的動機完全是好奇，他奇怪象的龐大與蛙的渺小，又奇怪虎的利齒與蚊蚋的嘴喙；他檢驗無數走獸的爪牙？玩弄每種飛禽的翅膀。於是他好玩地把小鳥投入虎豹的嘴巴，又好玩地把蚊蚋拋在小鳥的喙內。他沒有想到這會引起了禽獸們彼此殺戮，而這殺戮就此開始。

假如那時候亞當馬上去阻止這些可怕的行為，也許世界可以回復平靜與諧和，但是這正如孩子們愛觀蟋蟀的搏鬥，路人喜旁觀人家的打架一樣，亞當對這些禽獸們的互相殘殺，竟不以為殘忍可怕，反以為是非常好玩；他不但在禽獸搏鬥時覺得有趣，而且，在看不到禽獸搏鬥時便感到悶寂，於是他用種種方法逗引牠們血戰，而這血戰就越來越擴大。在後來的幾次血戰中，整個動物界竟分成二個陣營，其規模已經同人類第二次世界大戰相倣。各種的飛禽成千成萬的在天空中搏擊，各種的游魚在大小的海洋河流中攻守，各種的走獸在山林間佈陣，各種的昆蟲在泥土中進退，其數量與種類，已遠超過我們現在所有的飛機、艦隊、潛艇、坦克車的數量與種類了！禽獸與禽獸間本來沒有這樣深仇，一切組織擺佈完全是亞當一個人的計畫，為他的好玩，他不惜對所有的動物加以教育與訓練。他把白的東西，叫一方面的禽獸說它是藍的，又叫另一方面的禽獸說它是紅的，於是叫牠們辯論吵架，最後他叫牠們彼此相恨，於是又利用禽獸天生的爪牙，訓練牠們殘殺的技術，又給牠們以各種的從上到下的組織，正如現在我們之玩棋打牌，亞當就把整個的動物界當作一個人的賭具。

這樣，伊甸園就失去了諧和與平靜，整個的世界是混亂得像現在的地球上的人類一樣。所不同的是亞當並沒時間的限制，在幾千幾百年之中，他還是一個小孩子的心境，他沒有老過，指揮擺佈殘酷的戰鬥是他不厭的娛樂。

這引起上帝的憂慮，祂的慈善的心腸當然看不慣這動物界的空前的慘劇。祂覺得祂必須有新的創造，以統制約束亞當的胡鬧。

於是祂創造了女人，據聖經說，這第一個女人叫做夏娃。至於上帝是否用亞當的肋骨來創造女人，我們無法知道。如果是的，恐怕也祇是做個骨幹；上帝還把泥土敷在骨幹上面，可是這些泥土一面敷上去，一面掉下來，很難成型，於是上帝就隨便用流在地上的禽獸的血液把這些泥土膠上去。所以女人在上帝創造的成份中，竟多了一種禽獸的血液。

當亞當一看到夏娃，他不知怎麼竟完全脅服了；他馬上發現這新的玩意的新奇與玄妙。他迷戀了女人，放棄了對於禽獸血戰的布置，他不再覺得那些是好的把戲。從此，伊甸園裡又開始了一個長時期的平靜。禽獸們雖然不能完全放棄彼此殺戮的包袱，但是再沒有大規模有組織的血戰。倘若可以繼續平靜下去，禽獸們殺戮的習慣也許可以改掉，伊甸園還是可以恢復以前的諧和的。

但是當時伊甸園裡的禽獸，經過幾次血戰，死亡過重，所剩的實在不多，為補充這些死亡，上帝慈祥的心竟開始叫禽獸們各自生育起來。可是上帝雖叫禽獸生育，並沒有叫人類也去生育。不幸的是，上帝竟忘了夏娃的身上有禽獸的的血液。夏娃看禽獸們生育，她竟要求亞當也模仿禽獸的行為來使她生育了。

聖經上說夏娃去吃善惡果，大家都知道這是一個象徵的故事。所謂這是魔鬼變蛇去引誘夏娃的，這祇是人類的記錄。我們不難想像夏娃當時要求亞當幹這禽獸行為的時候，是不得不這樣措辭的。

這就是人類悲劇的開始。人類被逐出伊甸園，夏娃就開始生育，創世紀大概有與我相倣的記載。

但據我所知，以上帝的慈善與公正，祂對亞當的確不想施以與對夏娃同樣的懲罰。祂當時曾去問亞當：

「夏娃叫你幹禽獸的勾當，所以要把她逐出伊甸園去；那麼你呢？」

「我……。」

「我希望你還是守在伊甸裡。不瞞你說，如果你離開伊甸園，你就將一無所有，一無所依。你也從此不能再見上帝。」

「但是沒有她，伊甸園還有什麼意思呢？」

「伊甸園還有什麼意思？我給你青翠的樹木，鮮艷的花卉，起伏的山崗與靜靜的河流，以及各色各樣的奇禽走獸，你說伊甸園沒有意思？」，

「但是女人也是你給我的，而我覺得她比一切其他你給我的東西都好玩。」亞當說：「所以我不能離開她了。」

上帝一怒，於是就叫亞當跟夏娃離開伊甸園。但是，上帝還是慈愛的，祂准許亞當帶走一切給他的奇花異木飛禽走獸。而人類也就注定了世世代代拋棄自己的父母去跟隨他的女人。

出了伊甸園，亞當開始過艱難無比的日子，太陽開始焦熱，風開始暴烈，沒有一樣事情不需要自己勞作；但是夏娃終日無所事事，她可以隨時命令亞當為她代勞，亞當則誠心誠意的聽她指揮，不讓她有一點點辛苦。而這原是上帝的意旨。

但就因為夏娃走出伊甸園而並不感到艱難痛苦，她對於自己的罪惡也沒有反省與懺悔。在袖手好閒，終日無事的日子裡，她還是不斷的命令亞當同她幹禽獸的勾當，於是人類就在地球上繁殖起來了。

不用說，這悠長的歷史，男人始終被女人統治著在勞作，而女人則嬉戲終日，學唱禽獸的歌曲，閒談男人們的是非，挑撥離間，佯哭假笑，於是人類的世界就從此多事。正如亞當在舒服的伊甸園中感到厭倦時，開始教唆禽獸們搏鬥殺戮一樣，女人開始教唆男人們彼此搏鬥殺戮起來；也正如當初亞當在伊甸園裡看到禽獸們互相殘殺而不覺得殘忍一樣，她們看到男人們由她們指使流血，竟覺得非常有趣好玩，而這些搏鬥與殘殺的範圍也日益擴大，那些男人們竟比禽獸們還狠認真。世

界越來越變成可怕。

因為女人們的血液是禽獸的血液，所以她們看男人的殘殺會覺得有趣好玩；而亞當雖對禽獸們殘殺也曾覺得有趣好玩，可是看到了自己的子孫們的互相殘殺，流血遍野，則祗覺得殘忍可怕，心裡非常痛心難過。他曾經請求夏娃不要叫男人們殘殺，但是夏娃竟推得一乾二淨的說：

「這又不是女人的過錯，是你們男人們喜歡殺來殺去，你不去管男人、倒來問我女人。」

就這樣，亞當開始感到夏娃可厭與可憎，他開始懷念上帝。他想到自己的罪孽，想到自己當初對禽獸的殘忍，他想到上帝的慈愛；他深深地懺悔，但是他是無法回到上帝地方去了。這正如以後世世代代的男人，跟了女人以後無法回到他所追慕的父母的懷抱一樣。

但是上帝是慈愛的，因為亞當的痛悔，也感到讓女人們操縱著男人在血戰，有點不忍，所以在亞當祈求懺悔之中，祂就叫亞當帶夏娃到奈何河邊去走走。

亞當不知上帝的用意，但他知道怎樣去服從上帝，於是第二天就帶了夏娃到奈何河邊去散步。

奈何河原是風景很好的地方，遠山近林，花草遍地，清澈的水流中，河底透露著五彩的石子與五彩的游魚。但是因為男們為女人血鬥，樹倒花殘，屍首遍地，河流中浮著污穢的血肉。亞當看這情形，心裡很難過，但是夏娃則感到非常有趣，不斷地講到這些血肉屍體背後的戀愛故事。

亞當沒有做聲，一直挽著夏娃走著。不知怎麼，在亞當一回頭之間，竟發現了一個奇蹟。

原來奈何河裡竟映照著夏娃不老的美麗的身軀。這在以前是沒有的，這是上帝第一次叫河水映照岸景。這也所以使現在的我們在水裡看到自己的影子不覺得可驚。但是當時的亞當的確楞了。他馬上驚異地告訴夏娃，夏娃一看到自己在河面上的影子，她隨即愣住了。她彎下身仔細看自己美麗的面貌，那長長的頭髮，那閃光的眼睛，那平分面頰的鼻子與可笑可哭的嘴唇，她覺得件件都是非常新鮮，於是她又看到她諧和的身軀，那柔軟的線條與渾圓的韻律配合。她開始覺得自己原來是最好玩的東西。她開始厭棄一切其他的玩意，甚至是男子們的血戰。

夏娃的發現馬上傳遍了所有的女人，所有的女人都到河邊去看自己的倩影。從此女人對男人們的血戰的興趣漸淡，她們覺得對河水看自己的肉體與面貌為頂好的娛樂，而男人們因此可以不打仗而拓荒。

這是上帝給人類第一面鏡子。由此，女人知道了她所以能控制男人的祇因為是自己的好玩。這是上帝給人類第一面鏡子，有了這鏡子以後，人類就開始有衰老。

女人也就慢慢失去控制男人的權威。

以後，男人們為免得女人們刮風下雨到河邊去照自己的容顏，他們創造了鏡子獻給女人。第一面鏡子是貝棕葉編成的，上而塗上了發亮的獸血。

後來到石器時代就有了石鏡，銅器時代就有了銅鏡，這已是歷史的記載。到了發明玻璃，鏡子已進步得登峰造極了。

到現在，千變萬化的鏡子，大大小小，重重輕輕，我們也無法一一記述。

但注定每個女人在房間內，在手袋裡帶著華美精緻或小巧玲瓏的鏡子，不時拿出來照照自己的面孔，這正是叫她們永遠覺得自己是很好玩的東西，不要太對男人的血戰發生興趣。而這原是上帝的意旨。

可憐的是男人們的搏鬥血戰的習慣竟由此養成，而且發展起來，正如禽獸，竟永遠不免互相殘殺。

一九五二、五、四。

人類的尾巴

長在動物身上最沒有用的東西，當然是尾巴。但是人類愛加以有用的解釋，好像它可以為動物做許多人類要用手做的事情；但實際上，我們看到許多小動物有長尾巴，大動物只有短尾巴，就覺得這種有用的說明是非常勉強的；而動物在躲避襲擊時，尾巴永遠是一件不容易收藏，而常常因此被敵人發現，導致殺身之禍的東西。

而人類終於沒有尾巴。

生物學家以為這是一種進化。一切身體上沒有用不常用的東西，自然而然會退化以至於消失。這個解釋似乎很合科學，但始終還是一個假定。相信聖經的人，不會相信人造的理論，但聖經並沒有說明亞當與夏娃是有尾巴，也沒有說明上帝為什麼把所有的走獸造出一條尾巴，而對於人類竟疏忽了這一段。

據我所知，上帝造所有的動物時實在都沒有為牠們造尾巴，上帝難道不知道這於牠們是毫無用處的嗎？但怎麼後來會都長出一條本來沒有的尾巴出來呢？原來這裡面有很長的故事。

不是說上帝為亞當造了許多飛禽走獸去做他的伴侶麼？祂叫各種飛禽走獸去參見亞當，叫亞當為牠們命名。

不用說，這是個劃時代的場面，也是劃時代的典禮。這些飛禽走獸知道是去參見人類，個個興奮異常，大家洗了澡，舐淨了羽毛，擦亮了爪牙，排成了整齊的隊伍，遍山漫野去參見亞當。那天亞當站在一個高高的山頂上，他望見排山倒海的隊伍，心裡非常高興，開始對自己有一種偉大尊貴的感覺，於是面掛微笑的一一接見飛禽走獸。他先同牠們握手，於是給牠們命名，行了個敬禮；每個禽獸接受了名字，也行了個敬禮，三呼萬歲，於是歡天喜地的退了下去。接著第二個上來，舉行同樣的儀式，如此挨次順序的一個上來一個下去，不知隔了多少辰光，亞當開始感到了有點膩煩。

我曾經講過伊甸園的天氣是美妙無比的，太陽永遠是溫暖而不燠熱，風是輕和而不狂暴；當時亞當在高山的頂上，四周有常翠的樹，常開的花，面對著向他朝拜的大小不一，風韻各殊的飛禽走獸，個個都對他崇拜敬仰，理應非常愉快而不疲倦了，但是，那時候，上帝已經創造了晝夜，太陽的運行並不因典禮的隆重而停頓，在亞當接見了如許的飛禽走獸以後，天漸漸的暗下來了。亞當的心理就有了影響，但是他也不願使對他崇拜敬仰的禽獸們失望，他看前面來參見的動物已經不多，他極力保持領袖的風度，一點不透露自己的倦意。

於是太陽終於下去，月亮開始從雲端浮起。亞當還是不斷的為來禽來獸命名，但一面不免暗暗地計算前面行列中動物的數目，他估計月亮運行到天中的時候，這些禽獸都可以命名完了，於是他還是非常耐心的為一個一個的來者命名。一直到月亮升到天中，他一看只有三四個來者沒有命名了，他心裡輕鬆許多。但不意當他為最後一個——記得是烏龜——命名的時候，遍山漫野忽然浮起了一聲貫天的呼聲：「萬歲，萬歲，萬萬歲。」

亞當一驚，一看前面有無數既不像蛇又不像魚的動物，有的粗，有的細，有的長，有的短，有的跳著，有的蹦著，有的滾著，有的白，有的黑，有的棕黃，有的花雜；亞當不免大為驚慌。他沒等它們上來，他就叫著說：「站住，站住，同志們，天已經暗了，你們已經很辛苦；你們不用上來了，我為你們命名，你們一律稱為『尾巴』好了。」

亞當說完了，馬上退席，他沒有敢再待在那裡。可是那群尾巴可感到非常失望；它們準備很久，抱著無限的熱望，希望亞當可以同它拉拉手，叫它一聲同志，但是如今竟連看都沒有把它們看清楚。它們覺得亞當太不公正，大家都是上帝創造出來做他遊伴的動物，為什麼對誰都一一接見，獨獨對它們這樣的冷落，而籠統地叫它尾巴呢！

從此，那群尾巴心裡就永遠存著一種隱恨，一切行為都不光明磊落，見了亞當當面表示忠貞赤誠，背了亞當時時想擾亂安寧，在動物群中尤多搬弄是非，挑撥離間，虛偽欺詐，陰險刻毒。總之，這群尾巴無形之中變成了伊甸園裡的細菌。它們不斷擾亂伊甸園的諧和。

每當亞當寂寞無聊的時候，各種動物都只能做亞當的遊伴，但是尾巴喜歡出各種古怪的主意。使禽獸互相殘殺的玩意，也是尾巴在亞當那裡唆使的。

但就在亞當布置禽獸戰鬥的時期，這群尾巴就被派跟在每個動物的後面，它們於是就教唆每個動物做最殘忍與刻毒的殺戮，它們不斷的對自己的主人獻殷勤，拍馬屁，而在臨陣的時候，則躲在主人的屁股後面，順口接屁，胡說八道。它們不斷的使它們的主人自傲自大自信，不斷的使主人仇恨之心加強，愛恕之心衰退；因而自己得永遠苟安在主人的屁股後面。

上帝為統制亞當，創造了女人；但當亞當對禽獸的戰鬥不再感興趣的時候，禽獸還在不斷的鬥爭，而大部分都是因尾巴的搬弄是非，挑撥離間而起的。而尾巴在上帝創造女人後，就專門作逢迎夏娃的勾當。它作無恥的諂諛，博夏娃信任與喜悅，於是，以它騙取禽獸的經驗教唆夏娃去騙取亞當。於是夏娃開始學會了哭泣、掩飾、撒謊與欺騙。

當夏娃看到禽獸們作生育的勾當時，她問尾巴：

「牠們是在打架嗎？」

「牠們是在親暱。怎麼？亞當沒有同你親暱過麼？」尾巴說。

「沒有。」

「真的？」尾巴說：「那麼亞當怕並不是真心愛你了。你何妨試試亞當，如果他是愛你的，當然不會拒絕你的。」

於是夏娃就聽了尾巴的話去試亞當。亞當說：

「這怕不是上帝所允許人類做的。」

「但是上帝把我交給你，是要你愛我呀。」

「可是我應當更愛上帝。」

「上帝如果愛你，祂讓禽獸做的事情，不會不許你做。」夏娃說完了，哇的一聲就哭起來。她離開亞當一個人走出去，倒在草地上，一直啜泣著。她一連三天不吃不喝，沒有同亞當說話，最後亞當就服從了夏娃，他同她幹了禽獸的勾當。

是這樣，上帝把人類貶到了地球，這已經在別處講過。上帝為可憐亞當，允許亞當帶走了所有的禽獸。

在地球的艱難的日子中，人類開始繁殖起來。尾巴又在女性發動男人的流血爭鬥中，盡挑撥教唆的能事。

女人教唆男人與男人的爭鬥，開始時是個別的。當兩個男人同時喜歡一個女人時，這個女人就好玩地叫他們殘殺，後來為自己喜歡的食物與花卉，讓男人們彼此爭鬥肉搏。但後來，女人看男人鬥爭的好玩，聽了尾巴的話，竟指揮他們團體地來殺戮。這殺戮戰鬥的規模越來越大，於是尾巴就教唆敵對的男人彼此運用飛禽走獸，而尾巴又在禽獸的屁股後面，煽動禽獸咬人殺人。這是從來沒有過的事情。

男人們指使禽獸噬殺敵對的人，是禽獸噬殺人類的開端。開始時，一方面的人們沒有想到禽獸是被對方利用來噬殺的，所以沒有防備。整個的陣營被虎豹豺狼所摧殘，血流成河，屍積成山；於是第二次自己也利用了禽獸，而且結集了更多的種類與數量，雙方殘殺惡鬥，鬧得天昏地黑，如是者一次兩次，規模越來越大。而尾巴就一直在每個禽獸屁股後教唆牠們殺人。

於是慈善的上帝看不過去了。祂造飛禽走獸原是為人類服務，而今禽獸竟敢噬殺人類！偏偏人類竟不知道相愛，在恨怒之中竟不惜叫禽獸去殺自己的兄弟父老。但是上帝知道，這原是亞當當年教唆禽獸互相殘殺時的因果。

慈善的上帝為要停止這種廣泛的流血，祂覺得必須剷除這些跳來跳去挑撥是非的尾巴不可。於是祂命令所有跟在禽獸屁股後的尾巴都長到禽獸身上，變成了禽獸身上的一部。

從此動物都有了尾巴。

但有一條尾巴，當時恰巧流落在人群中，一聽到上帝的命令，慌慌張張，亂找動物的屁股。它先找到一隻象，它就撞了上去，但是那隻象已長了尾巴，那條尾巴把牠一鞭就打到很遠，暈倒在地上，半天方才醒來。它又亂闖到一隻猪的身上，哪知道那隻猪也早已長了尾巴，它慌慌張張又撞到別處。它撞了許多動物的屁股，但都被鞭趕出來，最後它茫茫無所依歸，惶惶不知所措。流落在山邊林間，狼狽萬分。

話說當時上帝已使奈何河鑑照岸景，人類已經發現了鏡子。當女人們發現動物們都有了有趣的尾巴，而自己在河水裡竟看不到有這麼一個好玩的東西，她開始羨慕起來。

一切人們自己所沒有的總是想有，女人尤其是心眼兒淺，所以她們就要求男人們給她們尾巴，她們用了一切哭泣，撒嬌，生氣的辦法叫男人們去找。

男人們終於找到了那條茫茫無所依歸狼狽萬分的尾巴。但是一條尾巴，並不能分給如許眾多的女人。男人們開始祈禱上帝。

上帝終於發怒了，祂說：

「你們竟什麼都要學禽獸。好，我就叫這個尾巴變成人，以後世世代代有人類的地方，就有人類的尾巴，而這尾巴就活在你們人類社會裡。」

立刻，這條無所依歸的尾巴就變成了人。以後繁殖起來，永遠同人一樣的活在人類裡面，但是始終保持著尾巴的個性，陰險刁鑽，懦怯刻毒，頭腦簡單，心地狹窄，拍馬屁，吹牛皮，惹是非，掀風作浪，專向有權有勢的屁股後靠攏，順口接屁，播揚臭氣，而永遠以為自己就代表了權勢。人類社會就因這些人類的尾巴而永遠無法安寧。

上帝的弱點

我不是不相信許多別的傳說，但是我還相信我自己所知道的，所以我也很願意說一說。

那是說上帝剛剛創造了宇宙與星球，坐在燦爛的寶座上，看它們無目的轉動與運行，忽然感到無底的空虛，祂深長地嘆了一口氣。

在上帝周圍的天神們奇怪了，怎麼上帝忽然會嘆氣呢？於是大家異口同聲地問：

「上帝為什麼忽然嘆氣呢？」

「我驟感到一種說不出的空虛。」

「萬能的上帝也會感到空虛麼？」一個天神驚奇起來。

「而且上帝正創造了偉大奇美的宇宙！」另外一個說。

「是的，」上帝微喟一聲，遲緩地說：「但是我看它們偉大地存在，莊嚴地運行，到底有什麼用處呢？」

天神們都沉默了，他們尋不出一句答語。

這樣天庭上就靜寂了幾萬年。最後上帝有點惱怒了，祂說：「你們都給我去，我把宇宙交給你們，你們在那裡創造點真的、美的、善的東西給我看。」

於是天神們都散了，在不同的星球，做不同的工作。

我不知道別個星球的天神們做些什麼，我只知道在地球上的天神，他先創造了一支微小的花草。第二天，上帝看見它在風中波動，覺到一種說不出的愉快，露出一個慈愛的笑容。這笑容立刻使整個的宇宙感到了一種恩惠。

但是專愛使上帝不快的魔鬼，這時候，驟然發覺了上帝的弱點。他於是在花草上面飛過，陰森森的風與黯沉沉的空氣立刻將這支小小的花草置於死地。花草枯死之日，慈悲的上帝果然低下頭，沉在燦爛的寶座上痛苦起來了。上帝是萬能的，但是祂也是最慈悲的。這顆慈悲的心，現在正成了上帝的弱點。魔鬼看見上帝痛苦，他不覺哈哈大笑了。

這笑聲使天神們很生氣，他們於是創造了各色各樣高高低低大大小小的植物，鋪得青翠的綠，鮮艷的紅，嬌嫩的黃，以及透明的白，發光的黑，還有濃濃淡淡的紫，深深淺淺的藍，散播在山上海底，在茫茫的原野，鋪滿了上帝所造的整個的地球。於是慈悲的上帝又露出活潑的笑容了，宇宙又驟然感到一種難以形容的恩惠。

但是魔鬼已經捉住上帝的弱點，所以他在冷不防的時候，創造了「冬」，於是所有的植物在幾天之中都枯萎下來。這使上帝慈悲的心靈感到了一種慘痛。於是魔鬼又哈哈大笑了。

天神正想收拾這滿地的殘骸，再創造別的東西，但是慈悲的上帝終覺得不忍，祂閉起眼睛，感到無限的哀痛。天神在無可奈何之中，只得創造了「春」，使這些殘骸復活起來。這樣，上帝果然又露出慈悲的笑容。

但是魔鬼又笑了，他對天神們說：

「從此你看著，年年的冬天上帝要悲痛。」

天神自然很生氣，他沒有去理魔鬼，但是果然冬天又悄悄地來了，整個的宇宙變成了一團死灰。上帝又閉起了眼睛。祂實在太慈悲了，在沉重的慘痛之下，祂竟失去了萬能的權威。

天神在無可奈何之中，他開始將植物殘骸，製造出各種不同的動物。他將落花點作蝴蝶，腐草變為流螢，又把遍地不同的落葉揉成各種的飛禽，將零星的青苔、小蕈、海藻派成了貝、蟲、魚、蝦，最後收拾斷根殘枝，折成了大大小小，稀奇古怪的走獸。於是天神請上帝張開眼睛，上帝看到這所有植物的殘骸，已變成新穎活潑，生氣勃勃的動物，祂不覺高興地發出慈悲的笑容。

但是愛搗亂的魔鬼竟引誘所有的動物互相殘殺，搏鬥，強凌弱，眾暴寡，大吞小，於是不到一年，死亡千萬，這使我們慈悲的上帝又浮起了無限的哀痛。

為彌補這動物的零落殘缺，於是天神教動物以生殖，也只在一年之中，整個的地球又繁盛熱鬧起來。上帝望著這群芸芸的眾生，又露出了慈悲的笑容。

但是當動物們將這些稚孩養大的時候，他們的自身竟衰老起來，最後都倒在泥土之中死了。這自然是魔鬼在作祟，讓地球布滿了悽慘，因為他已經知道上帝的弱點，他們要萬能的上帝哀痛與流淚。

但是這次上帝可有點震怒了，祂吩咐天神再去創造一種精密的生物，祂說：

「最後，我要付以不死的靈魂。」

於是天神用萬花的芬芳，蝴蝶的嬌艷，流螢的纖巧，魚的靈活，蠶的纏綿，還有蛙的愛鬧，蜂的多刺以及飛鳥的縹緲與蛇的多毒，創造了女人。

可是，同時，我們的魔鬼竟也聽見了上帝吩咐，他於是將所有天神用剩的材料如虎豹的力，猴子的智慧，獅子的勇猛，狼的狡猾，還有羊的溫柔，鹿的馴善，牛的忠誠，以及駱駝的沉毅與兔子的柔良……他都把它揉在一起。造成了男人。

當天神把造成的女人向上帝交代的時候，上帝很高興，祂說：

「我把他叫作人，我付他以不死的靈魂！」

這句話原是對女人說的，但是也被魔鬼接受來用在男人的身上。上帝說「付以不死的靈魂」，這意思是說此後這一種生物可以有一個靈魂，這靈魂將使他們肉體不死與永生，但是魔鬼們竟把它應用在靈魂不死的意義上，那就是說，所有的肉體還是要死亡的。

這樣，地球上就有了女人與男人，這兩種人，非常快活地各自活在世上。

但是有一天，這女人與男人竟相會了。在女人方面，這實在是一件突兀的事情，她從來沒有聽說過，世上有與她這樣相仿，而又完全不同的東西。她不覺多看了他一眼，可是男人竟追上來了，跪在地上，願意做她的奴隸，供她的驅使；女人看他無比的力量，的確可以使用，而馴善的性情，忠誠的態度也不難支配，於是就接受了他。

這樣世界就起了變化，因為沒有多久男子竟快死了。

「怎麼？」女人有點驚奇起來。

「我要死了，因為我的不死的靈魂已經交給了你。」

「不。」女人說：「靈魂是屬於你的，你有不死的靈魂怎麼會死呢？」但是男子沒有回答，他果然死了。

男子雖是魔鬼的作品，但是不死的靈魂是上帝賦予的，而且上帝實在太慈悲了，祂看到已死的殘骸，不覺流下淚來，祂再不忍俯視芸芸眾生的慘劇了。

天神於是責問魔鬼：「你怎麼違背上帝的命令呢？」

「沒有呀！」

「上帝曾說付以不死的靈魂。」

「是的，他的靈魂沒有死，現在在女子的肚中。」

於是天神沉默了，望著女人的肚子一天一天高了起來，在驚奇之中她養下了孩子。從這時起，她開始失去了自信的力量，她覺得「不死的靈魂」或者竟如男子所說的，只是靈魂的不死而已。於是，當她看著孩子們大起來了，她把自己不死的靈魂傳給孩子，自己也開始死了。從此世世代代決定了男子為女子死亡，女子為孩子死亡。

原因是上帝沒有說明「不死的靈魂」的真義，而上帝有一個弱點，就是祂有一顆過分慈悲的心靈。當上帝不忍看悽慘的死亡時，魔鬼竟統治了這世界。

生老病死

一

神是全智全能，至高至大，至微至細，無始無終的一種存在。

魔鬼也是全智全能，至高至大，至微至細的，但是有始無終的一種存在。

為什麼魔鬼是「有始」呢？而他又是始於何時呢？

沒有神學家知道魔始於何時，但是人知道魔總是出現在已經有了神的一瞬間。

神在混沌中創造了溫度，熱凝成了星雲，

魔也模仿著創造溫度，熱凝成了星雲；

神在星雲中劃分了星系，

魔也在星雲中劃分了星系；

神在星系中分化了星球，

魔也在星系中分化了星球；

如此，神創造了無數無數的星雲，

魔也創造了無數無數的星雲；
神在星雲裡建立了無數無數的星系，
魔也在星雲裡建立了無數無數的星系；
神在星系中分化了無數無數的星球，
魔也在星系中分化了無數無數的星球。
魔所創造的竟與神所創造的沒有兩樣，可是神可認得出哪些他所創造的，哪些是魔所創造。
神於是選中了太陽系裡一顆行星，在那上面創造了物質與精神。在物質與精神中創造了陰陽，在陰陽中劃分了美醜，是非，善惡，真偽，尊卑。

神創造了美，
魔則創造了醜。
神創造了是，
魔則創造了非。
神創造了善，
魔則創造了惡。
神創造了真，
魔則創造了偽。
神創造了尊，
魔則創造了卑。
神讓祂所創造的一切都認識美醜、是非、善惡、真偽與尊卑。

於是「大家」都會分別什麼是神所創造的同什麼是魔鬼所創造的。
這樣，地球上就出現了萬物。這萬物一半是神創造的，一半是魔創造的。
最後，神創造了「人」，祂叫他「萬物之靈」。祂對人說：「我把球上所創造的都交給你，由你來管理安排與處置。」
「可是……」人有點惶惑。
「我給你全智，但你要學習研究而得。」神說。
「可是……」人有點不安。
「我也給你全能，但你要進修磨煉而得。」神說。
「那麼？」人有點彷徨。
「我給你永生，同魔一樣的『無終』。但是你要不斷地鍛煉苦修而得。」
「那麼？」人有點害怕。
「不要怕。」神說：「你不需要創造萬物，你只要在你心靈上創造德行，這就可以將魔的世界變為神的世界。」

二

這樣，人就在地球上管理萬物。
人在自己心靈裡創造了正直、高貴、仁慈、謙遜、勇敢、自尊、自信……
於是，萬物就跟隨著人從「美」、從「善」、從「真」。

那些魔鬼所創造的也開始感化，他們同神所創造的一樣，聽「人」的領導，慢慢地厭棄了「醜惡」，厭棄了「虛偽」，厭棄了「懦怯」，厭棄了「殘酷」、「欺詐」。

從此，魔的王國一天一天狹窄起來，魔的世界一天一天局促起來，魔的影響一天一天薄弱起來。魔開始感到不安，感到恐懼。他覺得他所創造的都離開了他，他感到自己一天一天在萎縮。於是，他躲到黑暗的潮溼的地方埋頭考慮、思索、研究，他要創造！

一萬年一萬年地過去，魔創造了千萬種稀奇古怪的玩意，但都無助於他的威力。他又創造了千萬種佳妙玲瓏美麗的果子，希望人會愛它吃它，吃它就中了魔，失去了自己的德行，但是正直而不自私的人不中他的計。最後，他偷偷地擄掠了人的影子，創造了女人。

當人看到一個陰黯，歪曲的，醜陋的東西躺在黑漆漆潮溼的角落，聽到她可憐的悽切的呻吟時，人動了憐憫的心，他就把她扶起來，到光亮的地方。

這時，女人就唱起來：

咿嗚，咿嗚，咿嗚，咿嗚，
一個可憐的影子兮，
無人知曉！
一個可憐的影子兮，
無人知曉！
敷我以百花之美兮，
我就會萬分愛嬌。

與我以百鳥之飛舞兮，
我就會萬分窈窕。
星光月光的照明兮，
我會有千變萬化的美妙。
一個可憐的影子兮，
無人知曉！
一個可憐的影子兮，
無人知曉！
咿嗚，咿嗚，咿嗚，咿嗚！

這是一種奇異的古怪的音調，低微而帶著喘息，但不知怎麼，四谷引起迴響，這也就是回音的創始。

就在一瞬間，月亮馬上躲到黑雲裡去，樹木的葉子低萎下來，飛禽都飛逃到密林中，動物的耳朵都下垂下來，花朵的花瓣都委頓焦枯，水流都呆滯，僵凝，而天空竟掀起雷電。人則已經在這低微的聲音中陶醉，他失了智能，他分辨不出這是魔的創造還是自己影子的反光。

女人又低低地唱起來：

咿嗚，咿嗚，咿嗚，咿嗚，
一個可憐的影子兮，

無人知曉！
一個可憐的影子兮，
無人知曉！
我有百花之美兮，
花木妒我愛嬌。
我有萬禽之輕盈兮，
禽獸妒我窈窕，
我有星月的光影兮，
月亮妒我美妙。
一個可憐的影子兮，
無人知曉！
一個可憐的影子兮，
無人知曉！
咿嗚，咿嗚，咿嗚，咿嗚

唱著唱著，女人陰暗的形體漸漸光亮起來，鄙萎的胴體漸漸健朗起來，灰色的皮膚漸漸鮮艷起來，呆板的四肢漸漸靈巧起來。

人看著她的變幻，先是詫異，再則驚慌，最後，他輕輕地叫出：

「神竟把她創造得這樣美妙。」

這一念，人很輕易失去了辨別「神」與「魔」的智能。人接著就忘記了神是叫他來管理這世間萬物的，他想：

「她難道是神創造了來管理我，安排我與處置我的？」

這一念，人就整個失去了全智與全能。

而就在女人長成無限的美麗與嬌艷的當兒，百花枯萎，樹木凋零，流水凝凍，禽獸隱藏，星月無光，一切的光輝與艷美都被女人占有。

這就是秋冬的創始，魔在神所創造的世界中創造了蕭瑟的秋冬。然而失去了智能的人竟不知道這是魔在作祟。

這時候，女人開始笑了。笑得像「百花齊放」。於是她閃著美妙的眼光說：

「你是人麼？」

「是的。」人說：「你是我的影子？」

「是的。」女人笑著說：「但你已經讓『春天』把我點化成了『女人』。」

「女人？是的？我好像在哪裡看見過你？」

「沒有，沒有，你沒有看見過我，是我看見過你。」

「你在什麼時候看見過我？」

「當我還是你影子的時候。」女子用嬌嬌滴滴似真似假的語調說：「當世間萬物由你來管理，處置，安排時，我就在管理你，處置你，安排你了。」

「真的嗎？」

「自然囉，你是需要我來管理你，處置你，安排你的，是麼？」

人一時竟覺得她的話是對的，因為她的聲音是這樣的溫柔嬌媚。

「那麼，你來，你跟我來！不瞞你說，我可以把你管理得服服帖帖，把你安排得舒舒服服，把你處置得妥妥當當。」

人真的跟著女人走了！

女人用手牽著人，一面笑著一面似真似假地說：

「你看見過世間萬物，獨獨沒有看見過女人。真是可憐！現在我先讓你看看我，再讓你摸摸我，你就會知道你的需要了。」

就這樣，人就由女人來管理安排與處置。於是女人說：

「你要看奇花異木麼──它在我身上。」

「你要看高山流水麼──它在我身上。」

「你要聽鶯歌雀唱麼──它在我身上。」

人從此再不管理世間萬物，再不處置世間萬物，也再不安排世間萬物，一切都移交到女人的手上。

於是，這世間就變成美醜混淆，是非不分，真偽顛倒，善惡難辯，尊卑無別。世界就此腐敗起來。

神早已把世界交給了人，祂立人為「萬物之靈」，祂以為一切都不需要操心了，當祂看到魔氣消沉，萬物欣欣向榮，他心裡一直很滿意。

如今，魔氣又飛揚跋扈起來，祂知道人已經失去了智能，祂把人叫來。

祂看人已經不是祂所創造的人。那種委瑣，低卑，憔悴，懦怯的樣子，使祂非常生氣，祂說：

「你已經不是我所創造的人了。」

「我？」人這時傻頭傻腦地不知所云地說。

「你已經是一個『病』人！」神說：「這是你自己創造的，好，這就注定了你們以後要永遠與『疾病』鬥爭。」

神說「你們」是指地球上的萬物，萬物本來是只有健康的存在。而就在那一刻開始，萬物就有了疾病——各種的疾病了。

人低著頭，沒有敢說什麼。

「你喜歡女人？」

人點點頭。

「你知道女人是魔創造的麼？」

「是魔創造的？」人這時可真的吃驚了，但偏是心不由己地說：「可是她竟是這樣的美！」

「她是占用我所造的山川，花木，飛禽，走獸，以及你的影子而來的。」

「啊，啊，是這樣嗎？」人流著淚說：「可是，我竟愛上她了。」

「好，好，你去愛她吧。你已經為她失去了智能，我也只好取消你的『永生』了。你就會死亡，而此間萬物都要死亡。」

這是人創造了「疾病」，神創造「死亡」的故事。

但當時人不知道什麼是死亡。他回到女人的身邊，告訴她神對他說的話，並且問她什麼叫做「死亡」。

女人是從影子生長的，她了解死亡，她先是害怕，接著她面露笑容，摸摸自己的肚皮說：

「我們不能不依著神的命令死亡，可是我可以生育。」
這是在神創造了「死亡」以後，魔創造了「生」。
女人開始生育。
一個、兩個、三個……
神知道人在聽女人的支配。
於是神就創造衰老。
美麗的女人以後很快就醜老起來。

三

從此，神又到太陽系外去建立神的王國，把這個世界交給了：
「生」，「老」，「病」，「死」。

一九七八、一、二二。

史前短史

話說人類的始祖，男的為魔鬼所創造，女的為天神所創造；但是第二代的人類就是人類自己創造的了。

這是一男一女，活在地球上，有住，有穿，有吃，生活得非常好，但是天神同他們說：

「你在這裡，感到什麼缺憾，請同我說。我一定給你設法。不要自己胡幹。」

人類起初很舒服，因為是春天，天氣和暖，百花繁盛，他們沒有一絲煩惱，但是春天一過，夏天來了，荒島上都是蚊子。

人類，開始感到不舒服起來，他們打殺了不少，但是時時刻刻還受蚊子的吵擾。最後人用棕葉編成了一把拍子，又打殺了更多的蚊子，以為從此終可以平安一點了，但是沒有效力，蚊子還是千千萬萬的來吵擾，弄得他一點沒有辦法，也不能有一個痛快的瞌睡，於是有一天，他們叫了起來：

「天呀！可惡的蚊子呀。」

於是天神下來了，問：

「什麼？」

「蚊子呀。」

「你沒有自己想辦法過麼？」

人一想這是天神關照過的話，所以撒個謊，說：

「沒有，我只請你來設法呀。」

天神雖然心裡明白，但是終於為人撒下了蜘蛛，蜘蛛於是在他倆的周圍各處結網，非常迅速地繁殖起來，靠著蚊子充糧食，竟個個長得碩大壯健，最後蚊子是沒有了，但是粘韌的蜘蛛網，開始使他們感到不便，人於是用驅蚊的棕拍把它掃去了一些，這自然比驅蚊便當，因為蜘蛛不會飛翔，也不會直接對他們襲擊。

可是可怕的事情竟發生了，是他們第二天一覺醒來的時候，許多蜘網都網在他的臉部與身子，似乎要把他捉起來吃掉似的，這使他們感到一種說不出的威脅，他不自覺地嚷出：

「天呀！可惡的蜘蛛。」

天神來時又問他可有自己設法，他說：

「沒有。」

於是天神散布了蜥蜴，蜥蜴果然收盡了蜘蛛，但是繁殖起來，牠又開始擾人。

於是人就把牠殺死了一些，但是當入睡眠的時候，蜥蜴居然也咬起人來，人於是又殺死了許多，可是一到他睡著了，蜥蜴好像復仇似的又來咬他。這使他不得不又叫皇天。

於是我們的天神又問他們：

「你可曾自己想辦法？」

「沒有。」人說。

天神於是裝作不知，為他散布了老鼠。

老鼠果然收了蜥蜴，但是老鼠也是擾人的。人雖然會殺鼠，但是他的繁殖使人來不及驅殺，於是只得再求天神。

天神於是降之以貓。

貓不久就把老鼠驅殺盡了，但是老鼠完了以後，貓就要偷吃人愛吃的東西，這慢慢使男人討厭起來，但是女人倒很高興去餵牠。從此貓就成了女人的伴侶。

於是男人感到寂寞。他要求天神給他一個伴侶，一個可以伴他走路遊玩，聽他的指使，對他忠實的伴侶。天神允許他要求，就給他狗。

從此男人與女人因為伴侶的不同，性情上開始有了區別，於是時常為狗為貓，起了許多爭執。慢慢狗多了，貓也多了，爭執也多了。最後男人竟指使狗去咬貓，結果竟有一隻貓被咬死了。

於是女人叫起來：

「天呀，狗咬死了我的貓。」

這樣天神下來了，他說：

「狗不會咬死貓的，這一定是男子指使的。」

「我沒有。」男人說。

「你不要撒謊！你們殺過蚊子，我沒有罰你；你們殺死過蜘蛛，我也原諒你；你們還殺過蜥蜴老鼠，我也寬恕你。這因為我要再給你們機會，使你們可以想到我當初叫你們遵守的話，那就是一切都可以求我，不要自己去想辦法。現在好，你們不但殺生，還要指使我給你的動物來殺生。現在我要把這死貓變成虎，它不但要殺狗，還要殺人。」

於是這死貓果然變成了虎，牠殺死了一隻狗。

天神指著死狗說：

「它將變狼，永遠要危害你們。你們橫直自己會想辦法，以後我不再管你們，一切都由你們自己想辦法，自己去謀衣、求食、覓住，你男人因為曾指使狗殺貓，以後永遠叫你們互相殘殺。」

「但是我沒有指使別的動物殺生呀！」女人說。

「好的，以後只有你可以養動物，而男子規定永遠要養你。」

從此野獸就開始吃人，人類開始要自己謀衣、謀食、謀住，男子開始養女人，而女人開始養孩子與家畜、家禽。

人類就開始了人類的歷史。

夜釋

Si Dieu n'existait pas, il faudrait l'inventer. —Voltaire

Prajna Paramita　般若波羅密多

一

人需要神，人創造了神。

這熙熙攘攘的人群，忙的奔走的是為什麼？

——在擬神，在求神，在獻神，在被獻於神。

一切的信仰都是神，一切的權力都是神。

人創造過神。人創造可怕的神，創造古怪的神，創造三頭六臂的神，創造千眼千手的神。人創造過神，創造過可愛的神，美麗的神；創造過殘暴的神，仁慈的神；創造過妖媚的神，純潔的神。人創造過神，在一切現象，一切事物的背後，都安置過神龕。人創造了火神、水神、電神，創造了花神、林神，還創造愛神與夢神。

人創造一切的神，用自己的形象，用自己所見的世界，併塑湊合，創造了想膜拜，想愛戴，想服從的神。

人在神話中尋神，人在宗教中尋神，於是人在哲學中尋神，人在科學中尋神。

人曾在哲學、科學中否定了神，而無形中邀請了另外的神。

一切哲學的體系是神。

一切科學的解釋是神。

一切以為完美的體系，一切以為萬能的解釋都是神，神在你信仰的建立時就開始存在。

相信機械是萬能的人，機械就成了你神；相信金錢是萬能的，金錢就成為你神；相信愛情是萬能的，愛情就變成你神。神存在你所追求，所奔忙，所服從的對象與概念之中。

人類的歷史是爭鬥的歷史，一切人類的爭鬥是信仰的爭鬥，是宗教的爭鬥，是神話的爭鬥。

一切的旗幟是神的象徵！是信仰的象徵！

人曾經用枯草殘竹紮成了神像，用朽木雕成了神像，人於是用顏色，用文學，用聲音象徵了神。人於是擁人象徵神。擁教主，擁帝皇，擁英雄，人變成神。人創造了藝術，藝術永遠獻於信仰！科學努力於解釋信仰，哲學則不斷建立信仰。

而人類竟各有信仰，竟各有擁護的象徵；人類曾以自己的心血與生命創造自己的神，人類還需以自己的心血與生命護衛自己的神。

一切的衝突，爭鬥，戰爭都因為是人創造了神。

二

你眼睛燃燒著奇特的光芒；背傴僂著；髮白得如雪，長披兩肩；鬍髭如蘆葦，凌亂婆娑，直垂胸前；眉骨稜峻，銀色的眉毛掛及削凸的額頰；鼻子尖挺；嘴唇灰薄如枯了的秋葉；你瘦如竹竿的骨骼，披著襤褸的衣服……

請原諒我，我已經不認識你了。

但是你認識我。你告訴我如許的歲月，你一直都在那裡。

在如此險僻的高山上？那麼同誰在一起？

你說你一個人。

一個人？為避罪？為逃災？

不，你說，你在工作。

如許的歲月一個人在險僻的高山上工作？那麼是淘金還是採寶？

你說你在創造神，至大至高至美無上的神。

我不敢再問什麼，我抖索。於是你用你瘦削巨大粗糙的手挽著我的手臂，帶我走險峻的山路，穿過陰森潮溼的樹林，翻越了高山崇嶺，在萬丈的石壁前你邀我進寬不過一尺的山縫，裡面是漆黑的洞穴，我再也看不見什麼，也無從知道洞穴的大小。於是你問：

「你看見我所創造的神沒有？」

「沒……沒有，」我用發抖的聲音說：「我什麼都沒有看見。」

「可憐的朋友，」你說：「你的俗眼竟無福看見神，那麼你的感覺……」

「我只感到空虛與黑暗。」

「你應該休息，」你說：「閉上眼，沉下心，坐在這裡，不久，你就會發覺你是坐在神前。」

我坐在那裡，我看不見一切，也看不見你：於是你叫我吃，叫我睡眠，叫我不要說話。我不知時間，也無分晝夜，你說：

「在神的面前是沒有時間的。你應當沉心修煉，使你早得到看見神的幸福。」

於是我不再探索，也不再想像，我安詳地在盲目中度無從計算的時間。一直到有一天，你叫我張開了眼睛。

我馬上發現了我的視覺。我知道了山洞裡仍有光線，但我視覺所及的竟只有十尺周圍的世界，十尺以外我只見到了濃霧。這是不是因為我長期的閉目，使我的眼睛對這黯淡的光線有新的適應，所以能夠有這個發現呢？我摸索向前，我摸索向後，但我總是只限於十尺的視野。

「你看見了什麼？」你問。

「我看見一個空間，空間存在在濃霧之中。」

「可憐的朋友，」你說：「你的俗眼還無法看見神，你還當閉目，沉心，洗練你一切過去污穢的殘像。」

於是我又閉上眼睛，沉下一切的意念，忘去了自己所占有的空間與時間。最後你又叫醒了我。

「如今怎麼樣呢？」你問我。

不錯，如今我已經看出我空間的遼闊了，在周圍十丈的區域中我看到光亮，濃霧已退到十丈以外。我興奮地告訴了你，但是你搖搖頭說：

「不夠，不夠！難洗淨的俗眼呀，你還要修煉。」

如此者十次百次，我從我垂長的鬚髮知道了時間的推移，但我還無法看見你的神。

最後，你又叫我張開眼睛，我突然發現我原來是處在一個四周與上面都無邊涯的世界，如此空洞又如此奇偉。

「這世界是我開闢的。」你說。

「你？」

「信仰下的人群永遠只有一個。」你說：「空間與時間未分我們整體的存在。」

我點點頭，但我未了解你的話。

「如今你可看見了神？」

「我想如此空洞的世界，它的空洞已經可以代表神了。」

「你向前看。」你說：「向無限的地方望去。」

是的，在悠遠悠遠的空洞中，我看到了神像，長不滿一尺，而光芒四射。你叫我不要動，不要眨眼，叫我定神凝視。

我凝視著。

我凝視著，像我當初閉目一樣，不知時日，不知存在，於是這神像就在我凝視中慢慢清楚起來，我看到了面目，輪廓，我看到了姿態與表情，我看到透明的色澤與炫目的光亮。最後，我突然悟到這是你所雕刻的神像，是從燦爛的寶石上雕刻成的。而在我凝視之中，我竟發現一切神的特徵——莊嚴，慈祥，奇美，玄妙，神祕……

「啊，如今我看見了，」我說：「這是一件精絕無比的創作。」

「來，來，」你說：「跟我走。」

我於是跟著你前去。我們倦了睡，飢了食，渴了飲，我無從計算時間，但是我發現這神像漸漸大了。它大過於我，大過於普通房屋，大過於喬木，大過於……我只能仰著頭觀望，慢慢我已經看不見全像，我看不見半像，我只能看到一點炫目的衣角，我終於什麼都看不見，只覺得我站在一個萬仞的透明的石壁面前，你說：

「現在你有所感麼？」

「我可是站在萬仞的寶石面前？」

「這萬仞的寶石只是神的一個腳趾的頂端。」你說。

「那麼這神……」

你點點頭。

「當我第一次發現神時，似乎它是站在空隙的中間。」

你又點點頭。

「我可以繞到神的後面去麼？」

你又點點頭。

又是無法計算的時間，我們才走到可以看見神的背面的世界。你叫我抬頭，但是我沒有看到神的背面，我看到的仍是神的正面。我說：

「那麼是我們走錯了方向？」

「不，」你說：「你在任何方面看到的都是正面。」

「這……」

「這因為是神！」我緘默了，但是面對著這個奇跡，我不得不問：

「如許偉大的奇跡，難道竟是你一生所創造的？」

「不，」你說：「我不過承繼到衣缽。」

「那麼這工作是幾代的事情呢？」

「當然可以一直追溯上去，」你說：「但是我知道的只是我的上代，他們傳授了我的工作與奉獻。」

「如今算是完成了？」

「只是一半，」你說：「以後是膜拜服從與護衛。」

於是你跪下。我也不禁跪下，在這無邊無涯的神像前，我的生命是多麼渺小呢？

從此我逐漸發現了神的美妙。它在每一個距離上，呈現它各種的新奇，在漆黑的世界中它賜我們光，賜我們溫暖，賜我們一切的安慰與鼓勵。

我發現我過去生命的浪費，我曾經愛我父母，愛我姊妹兄弟，我曾經戀愛，為我所愛的女子廢寢忘食；我曾經珍貴友誼，為我的朋友出生入死；如今我痛悔未將我的愛與熱情獻給神。我曾經作曲，繪畫，寫詩；我曾經做工，熬夜忍飢耐寒；如今我後悔未將一切的勞力與工作獻與神。

我痛悔過去，立志將來，從現在起我要專心一意地愛神，敬神，為神刻苦耐勞，作一切的奉獻與犧牲。

三

但是你不放心，你懷疑我，我崇拜你所創造的神還不夠虔誠。在黑暗中，光亮是屬於我們兩人。你叫我奉獻，你叫我寫讚美詩，唱讚美歌，你叫我洗滌過去，你叫我反省現在，你叫我期望將來，你叫我崇拜，叫我愛，叫我刻苦補贖，叫我叩頭如搗，叫我以跪代臥，以拜代坐。於是你恐嚇我外面的光亮，外面的聲音，警惕我，叫我隨時準備著生命護衛你的神像。

我不知道時間，無從獲悉歲月的奔流。

你於是管束我，檢討我，控制我，呵叱我，鞭撻我。

為神，我自當忍受一切。只要我甘願，一切的痛苦在我是愉快的。

我不知道時間，無從獲悉歲月的奔流。

我不知道空間，整個的空間都充滿了神。

在這天地中，我早已忘了入口的罅隙。我似乎是一生下來就在這個世界中，我忘去我一切的過去，因為一切我的過去都不知道神，一切我的過去都是罪，一切我現在對於過去的回憶都是惡。我的過去屬於魔鬼。

但是，忽然有一天，我偶然在一個罅隙中看到了外來的光，我張不開我的眼睛，但我還是迎著這光，讓我的身體從石壁縫中擠去，我到了外面，外面是我的來處，外面原來也是世界。

我狂吻泥土，試抱樹木，舐嘗花草，我奔向無神的星月，於是我迷了途徑，我遺失了你，我失去了神，我無從也無法再回到你所創造的世界。
我不知道到底是神拋棄了我，還是我拋棄了神。
但是我尊敬你的信仰，我崇視你所奉獻的心血，我讚美你的理想。我珍視你的創造，一個無可比擬的藝術傑作。
我對世界宣揚，你創造了神。
然而我從沙漠到海島，從平原到高山，到南極到北極，沒有人相信我話，人人都說神創造了人，而神未曾被人所創造。
但是我到處看見廟宇，看見教堂，看見神像與神位，看見☆，看見＋，看到卍，看到※，看到神像與神位，看見一切的象徵。神無所不在，一個簡單的象徵遠勝於精盡的繪模。
神是主宰，主宰是無法想像的，主宰只有一個象徵。人無從造神，人僅能象徵人。於是我所見的被判為邪教的偶像，是魔鬼的想像，而不是神明。
但是一切的象徵不過是創造的意象，人人在創造，人人在意象中模擬神。複雜與簡單都是一樣，創造代表神的符號，也就是創造了神。從某個符號的觀點，其他的符號就成為魔鬼的代表。護衛自己的符號，必須鄙視人家的符號。
於是人否定了神，人擁護了帝皇與英雄。人從把神的人格化，於是到人的神化，到制度的神化，到體系的神化，到組織的神化，到機械的神化。
人捨棄神，人又建立了神。
人始終在侍奉神。
只有我遺失了神。遺失了神，才尊敬一切的神，才尊敬一切的創造，尊敬一切的象徵，凡是人所侍奉的都是信仰，信仰中沒有神明與魔鬼的分別。

我想進一切的廟宇與教堂，但我被摒棄，我流落街頭。於是人們說：

「沒有廟宇與教堂接受的靈魂，你自己去創造一個神吧。」

我的神就是無神，無神方能容納一切的神。

而你們各崇奉自己的神，我看到聽到你們排除異己，糾紛衝突，各以為自己的符號為神聖，人家的廟宇為魔宮。於是你們聚集信徒，彼此攻訐，動用武力，搗毀教堂，拆除別人的神像，放火殺人，一個戰爭繼續一個戰爭，每個戰爭都有神聖的使命，漂亮的口號，自圓的理論。

我忽然發現，一切代表神的符號都不怕摧毀，因為這些都容易建立，唯有你所創造的神，是經過幾十代，幾百代血汗藝術的結晶，不能被毀，毀了就無從建立。幸虧你把神深藏在深山裡面，我相信一時不至波及，然而戰爭越來越凶，情形越來越壞，滿野哭聲，遍地烽火，這時候我可對你與你的神非常關懷。我雖已不信你的神，然而我相信他是人所創造的神中最傑出的一個。因為它不僅是象徵，不僅是符號，而且是具有了人所能給神想象的特徵。

但是我的關念並不能使我來看你，因為我怕。我怕一見你的神，就成了它的信徒，我已經領受過它的魔力。

時日就在戰火彌漫中消逝，於是有一天我見到你。

你還是像神話裡的盤古氏，眼睛發著奇光；我招呼你，你不理我，你罵我叛徒。但是我忍受你的責罵，我向你解釋，我說我雖然失去信仰，但始終尊敬你的神明，我求你告訴我，你創造的神的安全。

「毀了！」你說：「完全毀了！」

「毀了？」

「整個的大山都夷成滄海！」你說。

「那麼，我想，何不像其他的宗教一樣，用一個象徵的符號豈不簡單？」

「你這叛徒，你竟去相信這些魔鬼的巫號！」

「我並不相信它們。」我說：「只是覺得用象徵的符號建立神是最易的捷徑。」

「真神不求容易，求精確與神聖。」

「那麼你……」

「我要找一個地方來重新創造。」

「重新創造如此偉大奇峨的天地？」

「自然，」你具有可驚的信心說：「時間在神是沒有意義的。」

「但是你會死亡。」

「有我的後裔，有神的信徒，信仰就是力量，人血就是利器。現在我是教主，我要重新創造！」你說：「信仰下的人群只有一個，空間與時間未分我們的存在。」

四

人創造神，人不斷地創造神，一次兩次，千次萬次，人始終在創造神。

神創造人則只有一次，一次的創造就注定了無窮的創造。

創造人的是無神的神。

無神不是信仰，而是容納。

無神的神是寬容，是存在，無神的神是無愛，無執，無拒。

那麼讓我們容納一切，第一讓我先容納存在與生命。

一切存在都在容納其他的存在，一切生命都在容納其他的生命。但一切的存在能容納其他的存在是有限的，一切的生命能容納其他的生命也是有限的，只有無神的人能有無限的容納。

人不是神，當然不能有無限的容納，但常在努力於容納。在人們創造神，創造體系的動機中，他們都想在一個神與一個體系下，作無限容納。但是這個自飽，自滿，自足的容納，正是更甚的在排斥神以外的神與體系以外的體系。一個最好的動機往往就造成了不好的後果，一個準備容納的體系往往就流於無從容納的理論。

無神之神並不與有神對峙，一有對峙就是排斥。無神之神並無體系，一有體系，就會自足自滿。無神之神並無道統，也沒有信仰，但無神之神不反對信仰，它容納一切的信仰。它的信仰就是容納。無神之神沒有符號，沒有代表，沒有象徵。因為一切符號代表與象徵都是狹隘的，門戶的，排外的。

無神之神承認一切存在的限度與生命的容量。它對這限度與容量有慈悲的同情，而相信最高的生命——人類能在進化之中擴充他生命的容量。

這因為人類的智慧是累積的傳遞的。人類的歷史，雖然是曲線的，然而是進化的。人類的思想雖然永遠有限度與自足，而仍舊在擴充限度。雖然任何的擴充離無限還是太遠，而在人類所擴充的範圍內，也確曾犧牲小我以完成大我。如果人類能有無限的容量，人類可能也會犧牲有限的成見。

這因為在人類有限成見之中，人類也確曾意識到無限的概念，如真、如美、如善，如平等、如謙遜、如和平、如愛。雖然這些無限的概念，都加上有限的成見的解釋，在實際上引起了相反的結果；但是如果人類的容量能進化到無限，這些有限的成見可能就會消滅。

這因為有限的真必有偽，有限的美必有醜，有限的善必有惡，有限的平等必有不平等，有限的和平必有戰爭，有限的愛必有仇恨。

把這些概念放在一個神下，一個種族下，一個體系下，一個家族下，一個組織下……你對你所屬的以外的神，以外的種族，以外的體系，以外的家族，以外的組織……都產生了與概念相反的概念。

有限的機體無從包括無限。沒有一種生命的求生不是妨礙至殘殺其他的生命，沒有一個生命的求嗣不妨礙其他生命的繼續。

但是人類的歷史曾經使有限擴充，人類的歷史曾經創造社會，人類的社會也作容量的擴充，然而人類的悲劇竟需要在衝突、爭鬥、流血的過程中學習到容納，而較大的有限竟有更殘酷的衝突與爭鬥。

個體的決鬥，到民族的械鬥，民族的械鬥到部落的互鬥，部落的互鬥到國家的戰鬥，在單位的擴充之中竟也擴充了戰爭的規模。

然而人類還是在進化之中，這因為人類已有了無限的概念，有限的擴充還是向著無限。

只有無神的神是無限的。

一切的神都是有限。

一切人所定的神都是有限，只有人所定的神，需要人承認擁護崇拜讚美。

無神的神可以有神，也可以無神。有神也不用人類承認擁護崇拜讚美，無神也無需人類信仰。

因為一切信仰是屬於宗教，一切理論是屬於科學，一切體驗則屬於藝術。一切承認、擁護、崇拜、讚美的表現與形式都是附屬於信仰的政治。所以無神之神不是信仰，不是理論，而是一種體驗。

從此我無神。但我終不是無神論者。

五

人創造神，人在神話中創造神，人在偶像中創造神，人在符號中創造神，人在儀式中創造神，人在哲學中創造神，人在科學中創造神，人在藝術中創造神。

一切否定神的哲學與科學，它本身的體系就是神。

那麼所謂無神的神為什麼不是一種你所創造的神呢？

也許是的，但是它不是信仰，不是建立，而是容納；不是自信，不是自足，而是謙遜。它沒有異己，而是同人。

凡是存在的都是存在。

神無所不在，但無神則都有所不在。

無神的神只是一個整體的存在。

存在於有神的，都是部分的存在。

真理只有一個，但是人所創造的都是零碎的，片斷的，部分的真理。

美只有一個，但人所創造的都是片面的，局部的，有限的美。

善只有一個，但人所創造的都是暫時的，範圍的，斷續的善。

一切人所創造的也許都是美好的，但以為這個創造即可以代表了整個與永久的創造，那麼它就是罪惡。

一切生物都有愛，但一切的愛都是排外的，自私的。

理想的博大的包括空間，時間的愛則屬於無神的神。

一切人間的哲學與理論，都想闡明真、美與善，但從未包括不同的哲學與理論，這因為人是一個個體。個體之生存與延續的要求，就是人的限度。

神存在於一切，但存在於一切的個體的，都限於那個體的存在。

神無所不在，但只有你忘去了自我的存在才能有神的存在。

一個信仰，一個愛，一個象徵，都曾經有使我們忘去自我存在的魔力。但這只是使自我融在信仰，愛情或象徵之中，並沒有忘去自我。

真正忘去自我的，一定能容納一切。

能容納一切的，方是無神之神。

但沒有生物能容納一切，因為生物的信仰就是生物的需要。人的創造就為人的安詳，容納別人的信仰與創造就是容納別人的需要與安詳。

人未曾創造完整的神。如果人創造了完整的神，人間不會有第二個神，不會有兩個宗教。人也未曾建立完整的哲學，如果人建立了完整的哲學，人間不會再有第二個哲學的體系，不會有兩種理論。

無神的神存在於一切他所創造的萬物，但萬物並沒有神，萬物所表現的是部分的神。

人也創造物，人存在於人所創造的物之中，但一切所創造的不能代表人，而一切所創造的則表現了部分之人。

人所創造的神也只是表現部分的人。

無神的神是不能想象，不能比擬，也不能象徵。人所比擬的象徵的想像的也許是部分的神，而大部分還是想象者、比擬者、象徵者的人性。

六

從此我不學信仰，我學容納。

但是就在那時候，我又碰見了你。在我繁華的都市中碰見了你。你衣服莊嚴華貴，容貌整修，舉止高雅，發音誠篤沉著，你親切有禮地招呼了我。

「是你？」我驚奇了。

「是我！」

「你捨棄了你的神。」

「這怎麼會？」你笑。

「但是你，」我說：「你的服裝，你的……你的……」

「一切為神。」你說：「為完成我們至高無上的神。」

「你已經又創造成了，難道？」我想到你被毀的神。

你笑了笑，皺皺眉，看看錶，你說你現在沒有工夫，你約我夜間到你旅舍裡來看你，你住最奢侈高貴的旅館。

於是在你無比講究的房間中，你以最精醇的美酒招待我，告訴我神啟示你的工作，不是在高山崇嶺上一個人雕模神的聖顏，而是在整個世界中招募信徒。你靠著神的力量已經有偉大的成就，每地都組織了會集，每個會集都捐到了錢，每個社會裡都建立了教堂，你已經規定了儀式，編選了經文。如何在組織上建立組織，在核心外建立了外圍，在儀式中檢查信仰，在信仰中發展儀式，如何使信徒們放棄父母妻子兄弟，專心注志為神服務，使有錢者獻錢，有力者出力，有血的輸血。最後你示我以教徽，黑底上嵌著金紋，像箭靶也像太陽。你拿出來吻了一下，你賜我一枚，叫我也掛在胸前。但是我只是藏在袋裡。我說：

「那麼你所做的完全是我上次勸你的，一個象徵，一些教堂，同一群信徒。」

「不，不，」你說：「這只是象徵我們的組織，不是象徵神。神在金點的裡面是看不見的。」

「但是你當初對於神的理想？」

「自然還在進行，在阿爾巴尼茲峰上，在額非而士峰上，」你說：「我們有千萬的志願隊伍在創造，像你看到我以前的創造一樣，流著汗流著血，忘飢忘寢，穿著襤褸的衣服，披著鬚髮，在黑暗中為晶瑩的神身服務。」

「而你自己？」

「我是為神指揮人，為神說服人，為神招募信徒，為神捐募金錢，為神……」

我沉默了許久，最後我頌揚你過去的精神，你藝術的傑作，我感慨於它的毀滅。但是你笑了，你說：

「這是神的意旨，神要我重新做起，重新創造廣大的世界。如果你有機會到阿爾巴尼茲峰或者到額非而士峰去，你就會發現，我家幾十代所努力的成績，不如我十年努力的成績，而我自己反不用在黑暗中做苦役。」

「善哉善哉！」我說：「但如果再有上次這樣的戰爭……」

「現在任何戰爭已無法毀滅我們的創造，」你說：「我已經使每個信徒都成為勇敢的士兵，任何的對手都會粉碎！」

「善哉善哉。」我說。

於是你叫我參加。

「但是我沒有信仰，」我說。

「沒有信仰就是一種信仰。」

「我希望我會容納一切的信仰。」

「容納一切信仰就是拒絕一切的信仰。」

於是我說到無神之神。

而你偏說你的神就是無神之神，它代表一種力一種組織。

我說我的無神之神不代表力，不代表一種組織，只是容納與諧和。

你說我是無神論，我是懦夫。你說我不過是一種自慰，沒有創造沒有意旨，你說我是一種逃避。

你又說你的神將毀滅一切的神，你的教義將統治整個的人類，你的呼聲是代表最響最多數的信仰。

於是我為你喝乾了酒，我說：

「善哉善哉。」

我告辭，從此我不敢見你，我也沒有去參見你的神。

但是我知道你是屬於一個象徵的。

七

人是公式的動物，人是法則的動物，人愛用一個公式作無限的運用，一個法則作無限的解釋。人愛用一個公式囊括無垠的空間，一個法則解釋無窮的歷史。

人愛以自己的喜愛強人喜愛，自己的信仰強人信仰。

這因為人是生物。

在個體的成長之中，人人都有他的意見，一切的意見都有不同的意見，為容納一切的意見，我開始學習不發表意見。我聽取別人的意見。

我學緘默。

但訓練口才是人間的事情，訓練緘默則是神的事情。

我聽一切懸河一般的口才，談論是非，批評得失，煽動群眾，爭取信徒；我聽過傳教士說教，政治家的號召，律師的雄辯與思想家的健談；但是我緘默，我一一容納，我像無垠的穹蒼吸收各色的雲彩。我覺得最大的思想家都是信仰，而一切的信仰只是部分的真理。

於是我碰見了詩人。

詩人告訴我，一切人間所說的都是對人說的，一切對人說的都是謊話。一切枯燥的哲學，煩冗的理論，都是叫人相信；叫人相信的都是叫人不要相信別的。但詩人所說的則是對自己說的，對自己說的才是對人說的。對神說的不叫人相信，但叫人欣賞。

一切可欣賞的文字才是文藝，而文藝是人類在嘗試與失敗中的懺悔的祈禱。一部聖經已經寫盡了文藝的主題。

但聖經的神不是現在的神，現在的人間有各種的神，信仰不同的神就有不同的懺悔，不同的祈禱。

詩人不叫你相信這些不同的懺悔與祈禱，但詩人叫你欣賞那些不同的懺悔與祈禱的共同感情。而詩人的詩不過是心靈的故事。人間原是故事的累積。

人生沒有離開過故事的創造。

沒有人生不是故事，也沒有故事不是人生，沒有故事的人生不是真實的人生，沒有人生的故事就是空洞的故事。

人類一開始就先講神話，神話裡就都是美麗的人生。離開了神話，世上就有寫不盡的小說，講不盡的故事與演不完的戲劇。我們無法設想沒有故事的人間，沒有故事的人間正如沒有大氣的空間，這該是多麼空虛與寂寞。

人間沒有離開過故事，沒有故事的時代就是謠言的時代。

神使人創造故事，魔鬼使人創造謠言；故事發生於愛，謠言發生於恨，人生不會是空白的人生。

請用看戲與聽故事的態度來看那些口若懸河的說教者吧。他們不過是故事裡的人物想用謠言來代替故事罷了。

編後記

《成人的童話》於一九四〇年出版時只有十四篇，如169頁〈後記〉所述。此後作者又先後寫下多篇以「成人的童話」為副題或性質類似的文章，散入其他文集。本書將這些文章都收在一起，原有的十四篇在前，原有的〈後記〉則放在篇末。讀者從作者不同時期的作品裡，可以看到他一貫的豐富的想像，也可以看到他的意趣因歲月而形成的變化。

《魔鬼的神話》一書原由廖文傑在作者謝世後出版，收入不同類型的遺作多篇。這些文章大部分歸在本書前後兩篇裡，剩餘的將分別編入相對合適的文卷。

徐訏文集・散文卷02　PG1945

成人的童話與魔鬼的神話

作　　者　徐　訏
責任編輯　劉亦宸
圖文排版　周妤靜
封面設計　王嵩賀

出版策劃　釀出版
製作發行　秀威資訊科技股份有限公司
114 台北市內湖區瑞光路76巷65號1樓
電話：+886-2-2796-3638　傳真：+886-2-2796-1377
服務信箱：service@showwe.com.tw
http://www.showwe.com.tw
郵政劃撥　19563868　戶名：秀威資訊科技股份有限公司
展售門市　國家書店【松江門市】
104 台北市中山區松江路209號1樓
電話：+886-2-2518-0207　傳真：+886-2-2518-0778
網路訂購　秀威網路書店：http://store.showwe.tw
國家網路書店：http://www.govbooks.com.tw
法律顧問　毛國樑　律師
總 經 銷　聯合發行股份有限公司
231新北市新店區寶橋路235巷6弄6號4F
電話：+886-2-2917-8022　傳真：+886-2-2915-6275

出版日期　2017年12月　BOD一版
定　　價　370元

Printed in Taiwan

國家圖書館出版品預行編目

成人的童話與魔鬼的神話 / 徐訏著. -- 一版. --
臺北市 : 釀出版, 2017.12
面 ;　公分. -- (徐訏文集. 散文卷 ; 2)
BOD版
ISBN 978-986-445-235-4(平裝)

855　　106021429

讀者回函卡

感謝您購買本書，為提升服務品質，請填妥以下資料，將讀者回函卡直接寄回或傳真本公司，收到您的寶貴意見後，我們會收藏記錄及檢討，謝謝！如您需要了解本公司最新出版書目、購書優惠或企劃活動，歡迎您上網查詢或下載相關資料：http:// www.showwe.com.tw

您購買的書名：________________________________

出生日期：________年________月________日

學歷：□高中（含）以下　□大專　□研究所（含）以上

職業：□製造業　□金融業　□資訊業　□軍警　□傳播業　□自由業

□服務業　□公務員　□教職　□學生　□家管　□其它____

購書地點：□網路書店　□實體書店　□書展　□郵購　□贈閱　□其他

您從何得知本書的消息？

□網路書店　□實體書店　□網路搜尋　□電子報　□書訊　□雜誌

□傳播媒體　□親友推薦　□網站推薦　□部落格　□其他________

您對本書的評價：（請填代號　1.非常滿意　2.滿意　3.尚可　4.再改進）

封面設計____　版面編排____　內容____　文／譯筆____　價格____

讀完書後您覺得：

□很有收穫　□有收穫　□收穫不多　□沒收穫

對我們的建議：________________________________

____

____

____

請貼
郵票

11466
台北市內湖區瑞光路 76 巷 65 號 1 樓

秀威資訊科技股份有限公司 收

BOD 數位出版事業部

（請沿線對折寄回，謝謝！）

姓　名：________________　年齡：________　性別：□女　□男

郵遞區號：□□□□□

地　址：________________________________

聯絡電話：（日）________________（夜）________________

E-mail：________________________________